格咖之子文库

文学·艺术

时间之诗

阎志 著

中国言实出版社

图书在版编目（CIP）数据

时间之诗 / 阎志著 . -- 北京：中国言实出版社，
2020.11
（珞珈之子文库 / 刘道玉主编）
ISBN 978-7-5171-3589-0

Ⅰ . ①时… Ⅱ . ①阎… Ⅲ . ①诗集－中国－当代
Ⅳ . ① I227

中国版本图书馆 CIP 数据核字（2020）第 206890 号

出 版 人　王昕朋
责任编辑　王建玲
责任校对　崔文婷
封面肖像　赵崇星

出版发行　中国言实出版社
　　　　　　地　　址：北京市朝阳区北苑路 180 号加利大厦 5 号楼 105 室
　　　　　　邮　　编：100101
　　　　　　编辑部：北京市海淀区花园路 6 号院 B 座 6 层
　　　　　　邮　　编：100088
　　　　　　电　　话：64924853（总编室）　64924716（发行部）
　　　　　　网　　址：www.zgyscbs.cn
　　　　　　E-mail：zgyscbs@263.net
经　　销　新华书店
印　　刷　北京温林源印刷有限公司
版　　次　2021 年 1 月第 1 版　　2021 年 1 月第 1 次印刷
规　　格　710 毫米 × 1000 毫米　1/16　17 印张
字　　数　225 千字
定　　价　58.00 元　　ISBN 978-7-5171-3589-0

总　序

在 20 世纪 80 年代，借助解放思想的强大动力，武汉大学率先揭开了教学制度改革的序幕。为了营造自由民主的学风，我们首创了一系列新的教学制度，充分调动了广大学生们学习的主动性、积极性和创造性，因而从他们之中涌现出了各学科领域的大批杰出人才。

十五年前，我写过一本书，名叫《大学的名片——我的人才理念与实践》。我认为，一所名牌大学，固然不能光有名楼，但光有名师也还不够。归根结底，最终还得培养出一批优秀学生，成为国家栋梁、社会精英。这样的学生，也可以叫作名生。所以名师、名生、名楼，是一所名牌大学的三宝。

武汉大学自创建以来，名师云集，名生辈出，名楼日兴，可谓集三宝于一身。尤其是新中国成立以后，自 20 世纪 50 年代以来，武汉大学培养的人才，遍布祖国各地，各行各业，为国家的建设和发展，作出了无可估量的贡献。改革开放四十多年来，更因为锐意革新，砥砺精进，而使学校的发展和人才培养，上了一个新的台阶。我担任副校长和校长的十五年间，正是武汉大学革故鼎新、励精图治的蜕变时期。我倡导和主持的各项改革措施，集中到一点，就是既出人才又出成果，着力把武汉大学建成既是教学中心又是科学研究中心，二者是相辅相成的辩证关系。

归根到底，人才兴校是至关重要的，没有高水平的人才，何以有高水平的科研成果呢？同理，如果学生只是死读书，而不善于从科学研究中学习，那也绝对不可能成为杰出的人才。因此，我在任职期间，秉持"不拘一格降人才"的思想，把发现人才，选拔人才，培育人才，保护人才作为学校改革和发展的一项战略措施来抓。所幸的是，我们的这些努力都没有白费。如今，我们培养的这些人才，有些是蜚声海内外的著名哲学家、经济学家、文学家、艺术家、科学家、发明家。另外，从各系的毕业生中，涌现出了诸如田源、陈东升、毛振华、雷军、阎志、艾路明等享誉全球的著名企业家群体。在 2020 年武汉遭遇新冠肺炎的肆虐中，他们挺身而出，一人捐建十所医院者有，竞相捐赠亿万之资者有，武大企业家联谊会从韩国购买一百八十一吨防疫用品和医疗设备，租用四架专机运抵武汉，捐给武汉抗疫指挥部，充分体现了他们赤子之心和奉献精神。

同样，在这次罕见的疫情中，毕业于武大医学院的学子挺身而出，其中有最早发出疫情预警的艾芬、李文亮，第一个确诊新冠肺炎并报告院领导的张继先；更有多位医生献出了宝贵的生命，他们是李文亮、刘智明、肖俊、黄文军、徐友明……毕业于武大新闻与传播学院的学子或直逼现场，实情播报，或联袂发声，建言献策；毕业于武大其他院系的学子无论身在海内外，万众一心，英勇无畏，纷纷在自己的专业、专长和岗位上倾心尽力。

大学是思想启蒙之地，是一个人的人格和精神的养成之所，是一个社会的智识和思想的孵化器。大学培养的人才，不光要有高深的专业知识，还要有高尚的人格，深邃的智慧。武汉大学培养的人才，不是那种书呆子式的人才，而是要有求异、求变和求新的创新精神，在人格方面有道义担当，在思想方面有独立思考的人才。从武汉大学毕业的学生，走出校门以后，在各自的专业领域戛戛独造，在经济社会发展的重要部门，都有独特建树。他们都在各自的星座上闪烁着耀眼的光亮。他们都是武大一张张亮丽的名片，是武大的光荣和骄傲！

编撰"珞珈之子文库"，目的在于以文字的形式反映这些杰出校友们的成就。这套文库是一项巨大的文字工程，其编撰的指导思想是，要有真实性、思想性和前瞻性，为后人留下一笔思想财富。文库收入的范围，主要集中展示自20世纪50年代以来，七十年间武大优秀毕业生的人生经历、精神旅程和事业成就。"珞珈之子文库"由这些优秀毕业生"夫子自道"，或随笔精品，或选辑佳作，或记录人生感悟，或接受采访，或自述经历，或总结经验，或集合演讲，总之都是他们人生全部的直接展示。

"珞珈之子文库"将分为五辑，即"哲学·教育""文学·艺术""史学·法律""经济·企业""科学·技术"。鉴于出版、发行和读者的面向，这套文库暂时不包括专深的科学与技术学术论著或论文集，此类学术成果，将会以其他形式奉献给读者，也一定要载入武汉大学的史册。

长江后浪推前浪，一代新人胜旧人。时代在前进，科学教育日新月异，相信武汉大学未来将会培养出更多杰出人才。因此，"珞珈之子文库"是一项滚动计划，希望一代又一代地传承下去，使她成为母校的一个品牌，将历届毕业的优秀珞珈学子的成就收入这套文库，通过这种直接的展示，我们不但能得见其人，而且能得闻其事，能领略其思想人格和精神风貌，实在是一件功德无量的大好事。

也许，五十年甚至一百年以后，当我们再回望她的意义时，她将会是一部记录人才成长的史料库，一部表现独立思考的思想库，一部具有前瞻性的信息库，充分展现"珞珈之子"的精神风采，是一座熠熠生辉的文字丰碑。

我的学生野莽是从中文系首届插班生走出的著名作家，迄今他已著作等身，现在正处于创作的黄金年龄。去年秋天，他和几位作家倡导准备编撰"珞珈之子文库"，拟邀请我担任总主编，我已垂垂老矣，而且还要照顾病重的老伴，自知力不从心。但鉴于我们都经历了那个改革的黄金时代，于情于理又都不能拒绝，故只能勉力为之。

是为序。

刘道玉

2020 年 3 月 9 日

于珞珈山寒成斋

自 序

我已多次说过，很遗憾自己没有在武汉大学读完一个完整的本科。武汉大学似乎从我少年时期就召唤着我，我的少年时代，也就是20世纪80年代，现在很多人想起来，仍感觉是那么美好的80年代。准确地说，应该是在80年代中后期，我开始接触到真正的文学，从武汉大学走出来的作家作品、开办的作家班以及在校大学生的社团活动，总能通过报章零星的信息接收到，也就是这个时候，武汉大学对于我这个大别山里一个小镇上的文学少年开始有了巨大的吸引力。

90年代初武汉大学中文系办创作研习班，得到这个消息的时候我在黄冈文联《鄂东文学》做编辑，每天在文学的憧憬和生存的压力中煎熬，但我还是报名了，并且拿到了入学通知书。但通知书来的时候，我已经是这本刊物的主持者，虽然那时我只有二十二岁，但要养活一本刊物和整个编辑部，每天只有拼命拉赞助、写报告文学，没有条件脱产去读，只有自修

1

了。但武汉大学仍在我心中，仍在那里。

1994 年到了武汉后，先忙于安身，在一家报社做记者，然后创业，后来我自己开了公司，公司人也渐渐多起来了，大家需要有共同的价值观和理念，我想的第一个办法就是带这些同事去武汉大学学习。我们公司就和武汉大学商学院联合办了一个班，为期两年，参加这个班培训的很多同事后来都成了公司的骨干。再后来武汉大学商学院改成了经管院，开始招收工商管理研究生，于是我就报名、考试、被录取，因为真心向往在武大学习，还很认真地读了两年。再后来与武汉大学的交集就多了，在与武汉大学的老师和校友的交往中，他们身上的理想主义气质、洒脱的人生态度、自始至终对真善美的坚守都深深地打动了我。我又主动报考了冯天瑜先生的博士，2018 年顺利毕业。我追随冯先生学习，那于我是一篇很大的文章，就不在这里说了。

以上就是我和武汉大学的关系，也算是一个坦白。因为在武汉大学认真读了硕士和博士课程的缘故，到珞珈山的次数就多了，在校园里徜徉的时光也多了。但感受最多的并不是大多人以为的浪漫，而是在经管院读书时带着女儿去看樱花，是每次造访冯先生的家，是带着同事在珞珈山庄开班学习，是和校友企业家聚会在校友之家……也许本就是这样的吧，虽然在武汉大学学习过的人大多有共同的品格和记忆，但更多的是感受不一样的美好。

这一次野莽先生要编一套书，通过刘益善老哥向我约稿。这里也要坦白，其实我和野莽先生在二十八九年前就打过交道，记得那是我在黄冈文联工作时，第一次到北京，和谢克强先生到中国文学出版社去拜访他，见面很匆忙，但野莽先生当场就答应支持我们黄冈文联编一套书，我记得叫"无花果"文丛。那套书虽然出版了，但是因为我的原因，质量参差不齐，而且我离开黄冈文联后还有人私自打着丛书的名义加编了此书。当时通信不发达，也没有野莽先生的联系方式，一直没有当面向他说一声对不起。虽然和野莽先生交往不多，但野莽先生的创作和出版成就我都是敬仰的，他为文学特别是为湖北文学界出了不少力。这次又为武汉大学学人出一套书，我忝列作者名单，感到荣幸。除了我以外，这一套书其他作者的名字都是闪烁在当代中国文化史册中的，可以说他们的高度就是珞珈山的高度，或者说他们代表着珞珈山当下的新高度。

再说说我自己的这本小书。接到刘益善老哥传达编本集子的任务时，我正在参与抗疫志愿工作，实在有点忙。但我不敢推托，一是一直欠着野莽先生的情，二是刘益善老哥也一直默默支持着我。

在疫情期间编辑这本书，我还是有一些思考。对环境的忧患，其实早在二十年前那首长诗《挽歌与纪念》中就有，所以这次完整地把《挽歌与纪念》收在了这本书中。短诗部分都是我二三十年来本着写诗要"真"、要有"情"、要有"思想"的基本诗观去创作的，这些诗我都是认真挑了的。希望我的这本小书没有辜负珞珈山的滋养，这样也就不枉我三十多年来对珞珈山的向往。

就写这么多吧，匆匆以为序。

2020 年 4 月 16 日晚

目 录

1

明天的诗篇

**219
—
234**

挽歌与纪念

序诗

1
我从梦中站起
开始向往已久的流浪
麦稞以其光辉
夜莺以其亮泽
将照亮这一旅程

我将在梦中
寻找一切可能的现实
我将在梦中
寻找一个绝对宿命的借口
以帮助我们逃离

我从梦中站起
走在自己和母亲的反面
我必须感动
为一次绝无仅有的
逃离
为一次绝无仅有的
游走

我将在梦中
我将在一切的风中
向母亲和姐姐们诉说
风的蜕变
以及尖叫

我从梦中站起
以沉默
以灵魂
追悔自己的逃离

2
甚至那些飞鸟
也在轰鸣中回忆
关于梦中的逃离
母亲在深蓝色的海洋背后
用一首历久弥新的歌谣
感召我们

有些时候我似乎已经醒来
已经学会用语言行走
有些时候
城市的温情让我驻足
如同风景
如同飞鸟停驻的风景
声音就是在这个时候失去的
在某一个清晨
我听不见自己的呻吟
于是所有的飞鸟
像童年般的远去
并带走全部的天空

3
而正在田野歌唱的姐姐们
是否在意云彩之上飘忽的歌谣

流水正在自己的身影中聆听的歌谣
山林呢
翠绿得容不下一丝忧伤的山林呢

黑暗中是否能够分辨
我的声音
声音中又是否分辨得出
那是属于我的逃离　母亲
这一切的风中
我如此无依无靠
这一切的风中
我不知道
无依无靠的逃离
是否能够抵达
母亲和姐姐们的山林

4
也许真的都不重要
抵达的永远是唾手可得的
众神的山林
依旧在原地
看着生长
看着凋谢

从此平静只属于那些流水
内心的游荡无处着落
我的母亲啊
拯救孩子们的只有
那声召唤

来自公元前 还是
来自一缕炊烟
我们一无所知

5
从一个城市开始
从另一个城市结束
刺痛的灯光一直都亮着
一直到生命的开始
轮回的终点

我始终无法解开
纠结在我们内心中的恐慌
以及 不可预期
也许 只有这样开始
才是真正属于我们的
归宿

第一部

泪水的完结

梦游（一）

最先开始歌唱的
永远是童年
成长中的婴儿
啼哭来自我们
所有的梦中

寻找不仅仅是过程
对影子的寻找
更是一种精神

在若干世纪后
我们再回望
童年的啼哭
与我们的最初
永存梦中

1
于是我歌唱
在黑夜尚未降临之前
我和石头们一起歌唱
岩石的声音
细腻而又绵长
蚂蚁　蚂蚁在欢聚
于是我歌唱
于是我歌唱
蚂蚁在岩石下面
自由自在的爱情

2
歌唱是在一个暴风雨骤至的夜晚
开始的
神说：
这个夜晚是令人安静的时刻
他们说：
我就是在这个夜晚诞生

我是一颗星星
我的名字是一种
遥不可及的气体
在时空中弥漫

有时候我没有名字
像一名弃儿在夜晚中游戏
像一艘没有前程的舰艇
迎风飘荡

歌唱是在这样的时刻开始的：
风来了　又去了
雨来了　又去了
飞鸟来　又去了
歌声来　又去了

3
最初的歌唱是低调的
浓厚的男低音
轻轻漫过栗子树的故乡
有时在杜鹃盛开的时候
有时在黄昏退去的时候

4

遥远的不只是海
混声部的合唱开始了
蝉的鸣叫
在春天里悦耳动听
蝉告诉蝉
看，这是我们生存的时代
海，太遥远
海，不是我们抵达的梦想
蝉告诉蝉
世界总有人在认真倾听
一种没有遭到污辱的声音
世界总有人在随意倾听
一种被亵渎的声音
海太遥远
我们齐声歌唱吧
在混声部的回声中
倾听自己的声音

5

泪水完结在高原的尽头
灰蒙蒙的大地
在我们的床上蔓延
生命开始了
岩石中的蚂蚁开始蜕变
九千九百九十九只蚂蚁
蜕变成
一条无知的蛇
泪水也是从它的眼中

开始
完结

6
歌唱吧
欢唱吧
尽情地抒发
　　歌唱吧
　　欢唱吧
　　无边无际
　　　　歌唱吧
　　　　欢唱吧
　　　　永不停歇

如黑夜般歌唱
　　无边无际的时光
　　尽情地
　　尽情地
　　歌唱

7
蛇没有出现在我们的眼中
它无可置疑地丢失了
异性的声音在抒情
这时，最深刻的图腾出现在天空之上
出现在祥云之上

这时，图腾呈现出神般的灵光
照射在我们心中

我们感动地诉说

诉说我们无法预知的心情

啊，图腾

在你的怀中

我很温暖

图腾面对我们的奉承

似乎无所触动

图腾摆摆尾巴滑走了

接下来的我们非常失望 非常失望

但是我们没有泪水

因为泪水被蛇窃取

看看

我们的泪水

被谁收藏

8

音乐是一次睡眠

我们是其中的梦境

白马就是在此时出现的

少女们闪烁的目光

在世纪末的钟声里

更加放肆

白马在没有歌唱的歌唱里

如梦似真

少女们 少女们 少女们

曾经纯真曾经沧海

我记得自己是在七岁时又学会哭泣的

我是为天使才又学会哭泣

我在七岁生日那天
目睹了一位天使被恶魔掠走的
全部过程
我很弱小
没有力量挽救天使
于是天使在我七岁生日那天
没有了

真的没有了
泪水却又回来了
泪水在被鲜艳的色彩刺激之后
再次
回到了人类的眼中

9
我为什么要歌唱泪水
我为什么要描写蚂蚁蜕化成蛇
我为什么害怕红色
我从热情的歌唱
到哽咽的哭泣

我从流失的蝉鸣
到暴风雨的诞生

人类
我是在大自然的哭泣中
开始哭泣
人类
我是在自己出卖自己后

开始流泪

歌声没有了回荡的天空
舞台上最后一只没有被蜕变的
蚂蚁
回到岩石下

回到蛇待过的地方
倾听　认真倾听
蝉与蝉的对话
蝉甲对蝉乙说：
夜晚又来了

10
当然我可以无所顾忌
用自己的诗歌
平息一切

当然泪水也会无动于衷
关于歌唱的终结
或者开始

结束的永远是刚刚开始的
那么让人类来倾听
雨水从天堂传来的消息

11
蛇的教主正在唱诗班的睡眠中苏醒
有一天

14

我们无法背叛
或者说没有可以背叛的时间
蛇啊
请忘记倾听吧

游戏与木偶
总是关于明天的
总是关于昨天的
而今天的游戏
与木偶无关

12
当我发现可以哭泣时
我已忘记流泪

蚂蚁的岩石
蛇的蜕变
在我渐次矮小的身影中
不能言说的守望
不能言说的夜晚
来了又去
去了又来

我的双眼
扑向母亲的衣襟
扑向一个不知名的村落

紫蜻蜓（一）

那是一只紫色的
　　　　紫色的精灵
那一瞬间的光辉无比夺目
　　　　紫色的梦想
　　　　在黑草原的放牧
　　　　永无休止
紫蜻蜓愉悦地飞过
　　　　紫蜻蜓以飞翔的印象
　　　　留给了春天

天空中彩色的砂粒
　　　　不规则地呼吸
　　　　山顶傲立的鹰与
　　　　紫蜻蜓起舞
　　　　为诞生起舞
春天的印象
留给了冬天
紫蜻蜓在雨后翻飞
　　　　如同它骄傲的羽毛
无法停留
黑草原一望无际
就这样起程吧

第二部

成长的个体与群体

梦游（二）

1

十岁时　我记得

麦穗盛开一种黑色的花朵

母亲在田埂下采摘

父亲在田埂下采摘

黑色的花更加黑暗

田埂上有一堆坟茔

更加明亮

黑暗的和明亮的

同时在我十岁开放

猎猎开放

采摘的母亲

采摘的父亲

太阳

留下了

太阳

离开了

2

当然我也不会忘记

一位小姑娘

甜美的回忆

是甜美的菜肴

令全世界品味的纯真

十一岁时的小姑娘
没有长大的小姑娘
无邪的笑容

3
草地
青草地
阴郁地离开了我们
致敬的双手
企盼一种足以喂养的粮食
饥饿是符号
生命是符号
十二岁也是符号

男人是符号
女人是符号
十二岁也是符号
绝妙的形容
令诗人无地自容
令诗人哑口无言
十二岁还是符号

4
水的意义在于土地
土地的意义在于树木

我是否为你成长
你的笑容依然灿烂
心魔还没有走近你

我的双手
在你蠢动的青春上
刻下欲望的声音

与生俱来的恐惧
如黑夜般归来
我就这样成熟起来
像一名英勇的战士

男人让女人长大
女人让男人长大
就像
黑夜让白昼明亮
白昼让黑夜黑暗
我愿意做你的奴隶
拜倒在你白色的裙下
偷窥你的心情

我在偷偷成长
母亲在
父亲也在
不曾休止地
为我们劳作

而我们长大了
不经他们商量地
长大

十三岁

我让母亲感到悲哀

5
十四岁
呵
一个多情的年代
风尘仆仆的年代
爱情
爱情随风而来

落叶的感伤
花雨的追忆
诗歌的记取

十四岁
十四岁
我与爱情
尽情拥抱
学校的后山上
有一部小说
记录了一群少男少女的故事

记录了
记录了
又似乎什么也不曾记录

十四岁
令我怀念
像怀念

青草

风

落叶

和所有的浪漫

一样

轻轻地翻过

6

我记得十五岁

母亲的双手停止了采摘

她开始挖掘

父亲开始种植

栗树上盛开的花蕾

被黑色浸染

人类的耳朵

听到了黑色卷土重来的

步伐

肃静而又庄重

洋溢着坟茔的气息

那是一种类似号叫的气息

7

我是在这时失去记忆的

乡村诱人的体香

都不能唤醒我

我想我是失恋了
十六岁的我无法自拔
像游行的群体
无所适从

爱情
如同灯光
灯光
如同
鲜血

淋漓尽致的牺牲
从一个悲壮
走向
另一个悲壮

8
人们翘首以待
奇迹是一个寓言
等待箴语的开始

人们走在十七岁的
我的肩头
我的矮小可想而知

人们走向泥沼
海水触手可及
目光触手可及

我在寻找

我的父母

人们的情感

不可预测

我在人们的背影中

寻找

父亲

寻找

树木生长

9

十八岁时

我学会了遥望过去

人类在十八岁时

开始行走

行走在风中

我们的过去

泛黄而又潮湿

我从不承认我的衰老

我更不承认我的蹒跚

然而仍无法解开

关于收藏了一个世纪的

爱情

于是在十八岁的夜晚

我撕毁了自己的面具

我戴上了魔鬼的面孔

行走在风中

我无法停歇

朝我的背面驶去

朝我的童年驶去

10

终于

我霉烂在

泥土之中

四周长满黑夜的草

盛开　黑色的带脓的花朵

我的尸体上

爬满肉蚂蚁

臃肿的蚂蚁

洋溢着

死亡的气息

我的坟头

坐着一个披头散发的女人

怀抱人类的未来

向着太阳傻笑

终于

一切

霉烂

11

工业的水

和黄色的尘土

飞扬在

人们无法归家的情感上

于是我歌唱

歌唱城市

在人类自以为是的青春期

陷落

陷落

于是我歌唱

我们的成长伴随着死亡

触手可及的死亡

一直守望着

我们脆弱的成长

12

我终于成长起来

融进群体之中

我平凡而又高贵

群体中

群体中

我可有可无

群体中

所有的我

可有可无

有一个夜晚

我爬到群体的屋顶

放声大喊

妈妈——

从此
首领宣告
我疯了

13
群体的成长就是
我们个人的成长
毫无疑问
我们存在的世界
也因为我们
而存在

我们不可分割
虽然我们已经疯狂
丧失理智
与情感
黑夜未来的时候
群体巨大的背影
让我们身临其境

紫蜻蜓（二）

我的紫色的精灵
翻飞在每个不知名的
港口

我的爱人们
　　归航的星光
　　在天空闪烁

美丽的紫蝴蝶
　　一如我的
　　爱情

一群美丽的紫蝴蝶
一群群美丽的意象
一如黑色的草原
无边无际
吞没着我
　　和我的星光与港口

第三部

无法原谅的爱情

梦游（三）

我无法原谅自己
可恶的欺骗与纯真的情感
在我梦中叠现
巨大的青稞
过早地生长在我的田埂上

而道路呢
冬季的昆虫呢
情感的季节里
都无法归家

这是一场没有生命的雨
雨中的你
可否在天堂瞩望
沉睡中的我

1
爱情令我如此绝望
冬季的昆虫在寻找
蓝色的旗帜
黑夜中的叮咛
未来的召唤

爱情令我如此敏感
风中的行走
在午夜里迷失
触手可及的欲望

爱情不可拒绝地来了

爱情

不可拒绝

2

和你一样

我和初恋情人的天空

如此湛蓝 洁净 明亮 清新

和所有的幸福的

沉浸在爱情中的人一样

我的初恋

有风

    清新的风

        明亮的风

           洁净的风

              湛蓝的风

3

爱情留给我

一生弥足珍贵的付出

如此真挚

我的恋人

在你的窗棂

有一束夜来香

我的吻

如同风

不期而至

轻轻敲打属于我们的梦境

4

那个时候的云彩

无比深刻

我在每枚云彩下

起誓

我将一生钟爱你

5

无数双手令我们的漫步

难以继续

无数黑夜的眼睛

令你堕落

我是在一个黄昏

看见你走进

另一个关于城市的爱情故事

辉煌的城堡

见证了我情感的

葬礼

就在那一刻

我患了黄昏忧郁症

从此

在每个黄昏

梦境般地念叨

你的名字

6

你的灵魂是怎样一步步走进

那猩红之门

我无从知晓

但你毕竟去了

我无法原谅你

更无法原谅爱情

更无法原谅黄昏

7

许多年以后

我与你再次邂逅

你已人老珠黄

你说你经历了一切

情感与非情感

也就是说

由众多男人组成的群体

编织了你的一生

你所有关于生命的注解

从此与我无关

属于你的群体带走了我的初恋

以及所有的真情吗

面对夜晚巨大的诱惑

我如此渺小

面对未来洞开的尘埃

云彩与风

黯然失色

面对群体

你是它共同的心脏

你的肮脏（或者你的纯洁）

注定了我从此

失魂落魄地行走

一如风

一如风

如风行走

8

我想在另一个章节中

记述我真正的爱情

只是不想你几乎肮脏的身影

再去玷污她

她是如此安静

期待我的诗歌无数次的安抚

真的

我不想让任何人打扰她的安静

9

有些春天并不是在冬季之后

有些歌唱并不是因为爱情

有些情感并不需要时间

那么让我们起舞吧

伴随着安魂的曲子

去埋葬

从未有过的爱情

10

我这混杂了全部情感的
恋情
失散多年
终于在城市的一个角落
被清洁工拾起

那位年迈的清洁工人
被这些霉乱的情感
震撼
在那个黄昏走进了
精神病院

11

从此
我只有从街头不时
一闪而过的精神病患者口中
打探我的情感
身在何方

12

在经历了这次刻骨铭心的事件后
我失踪了
我的失踪缘于
我对群体的妥协
我的失踪
证明
个人对群体的投降

以上就是我的爱情故事
平淡无奇而又刻骨铭心
反叛还未开始
就已妥协的爱情

紫蜻蜓（三）

蜻蜓的手
漆黑的蝉鸣
倾听的跫音
触手可及的情感

同时沉醉在
春风的路上

为你送行
为你祝福

第四部

安魂曲

梦游（四）

有时候天堂并不遥远

这一切都是关于你的记忆
在天堂中
也许没有飞鸟
也许没有死亡
但我的游走永远无法停歇

过去的身影
也不再重要
重要的是我的游走
学会逃离

1
我的第一次爱情
来自都市
一位叫然的少女
给了我一生
最深刻的情感

2
然：
在这沉沉的夜里
我决定为你写诗
我要在自己最后的诗歌中
留下只属于你
最纯净的一页

然：

只有在你离开我之后

才发觉你对于我

如此重要

虽然你已远离尘世

但下面的语言

永远属于你

而且仅仅属于你

3

你的笑容

是否还深印在

云彩之上

你最动人的身影

是否还跳跃在

每个清晨

你亮丽的语言

是否还在问候

所有的朋友

然：

夜很深

对你的思恋

很深

你冷吗

在这个深夜

你是否捂紧风衣

在落叶深处
为我祝福
这是一首你永远无法收启的
诗
但属于你

然：
我至今都无法安静地为你写一首
静谧的诗
夜里的冷雨正想
冲走我们的记忆
在你的天国
有没有和诗一样的雨

然：
诗无法说明我的情感
我笨拙的诗句
正在取笑我
对你的追念

然：
最后说一声
路远，好走
虽然
天堂里没有
车来车往

40

然：
为什么你的美好

不能陪伴我一生
让我有勇气面对随之袭来的冷雨

然：
为什么你如此匆匆
来不及告诉
天国在哪里
然……

4
这是又一个深夜
我除了继续用诗歌面对你
别无他法

我似乎已记不起你的容颜
我似乎已经忘却被上帝收藏的
所有美好
我甚至不相信记忆
我甚至不相信时间
我甚至不相信生命
如果没有这一切
你会依然在这个午夜听我倾谈

5
然：
这是怎样的一个夜晚
如此寂静
如此令人怀念
如此令人怀念

6

我总是无法在几千个坟茔中寻找到你

然：

你如此安谧

就像云彩

就像我生命中气若游丝的呼喊

真的

每次探望你都要重新寻找你

我宁愿相信这是你的又一次躲避

那么就让我永远寻找你吧

那么就让我永远在几千个坟茔中

寻觅那堆属于我

情感的黄土

然：

已经很夜了

记得我在二十分钟的时间里

为你写下的长信吗

然：

已经很夜了

记得深夜十二时在公园里的漫步吗

然：

已经很夜了

记得雪地里用欢愉写下的告白吗

7

已经很夜了
你是否能在
深夜拍打我的窗棂来探访我
问问我
别来无恙

已经很夜了
天堂里的夜晚是否有星星
是否有闪亮如你双眸的星星

8

我知道你的美丽
只有一次

也就是说——
你已为世界美丽一次
然后　离去
然后　离去
就像云彩
就像你的名字
如同天籁

9

我的故乡
成为你去天堂之门
也是上帝的意志吗

也许几十年后

我们在天堂相遇

你依然清纯

而我除了记住你的名字外

一无所有

你还会用你纯净的手拨开云层

告诉我

那里就是我们的故乡

那青翠葱茏的山林和洁净的河水才是我们的故乡

也许几十年后

我们在天堂相遇

你的美丽还是令我心动

而你的气息让我记起

某一个世纪中一个不可再遇的爱情故事

也许几十年后

我在故乡的某个山岗

遇上一个女孩

她会告诉我

一个曾经属于我们的传奇

10

也许天堂很冷

那么 然

就让我的全部身心

还有诗歌来依偎你

太年轻太纯净的情感

然

我的诗歌也许无法为你安魂

那么让我伴着故乡的山林与河流

唱一首你最爱的歌曲

然后睡去

在每一个清晨努力忘掉你

然……

紫蜻蜓（四）

紫蜻蜓是我们最喜爱的记忆方式

都市的尘埃

掩盖了它展翅欲飞的高度

于是只有用生存的方式　死亡

于是只有用死亡的方式　存在

死亡之后的爱恋

如同疯长的三月

无法滋润

无法穿透

于是只有用存在的方式　代替生命

于是紫色的

　　　　　紫色的

　　　　　　紫色的

　　　　　　　蜻蜓

死去在所有的道路上

第五部

不可收拾的海水

梦游（五）

你知道的
我对梦的迷恋

蓝色的海
就是在我梦中走失的

朋友们都在海中
而我在岸上

你说天堂的雨
很纯净

我说海里的水
很纯净

你说
其实蓝色的海就是天堂

那么，这不可收拾的海水
是否是你遥不可及的
呼唤

1
当我置身群体之中
我渴望孤独
寂寞是水
令我安宁

当我还是婴儿的时候
我很孤独
一个人的眼睛里
放射出死寂的光芒
我知道
妈妈不知道
我渴望朋友

2
朋友是什么
朋友是丢弃了亲情后的慰藉
朋友是被爱情遗失了的亲情
朋友是孤独中盛开
不，是猎猎盛放的
歌声

我
一个婴儿
同样需要朋友

与我相对的
那种物体
也是一个婴儿
更需要朋友

悲哀的是
我们的朋友
在工业的厂区里
被植入泥土之中

成为一株奇形怪状的
藤状植物
而且没有一个能够幸免

蜕变的过程中
我越来越渺小
朋友越来越枯萎

机器们歌唱
在我们的山顶上
在一切的山顶上
一览众山小
唯有机器
如此狂妄
机器的朋友们
因为人类丢失了朋友
而乱舞狂欢

3
再写又有什么意义
我们所做的一切又有什么意义
在人类的墓志铭上
只有四个字
埋
葬
自
己

机器的窃笑

而年少的我还无法感觉

这一切

只能是一个梦魇

4

机器

像

海水已经不可收拾

这不仅仅是人类的错误

首先是

我们发明了机器

掌握了机器

让机器愉快地成长

接着

我们被机器

替代了手

替代了腿

替代了大脑

人类的基因终将被机器吞没

人类在机器欢鸣的高潮中

迷失了自我

人类的后代

就是机器的后代

于是

人类被海洋吞没

陆地被海洋吞没

诺亚在哪儿?

方舟在哪儿?

5

人类与机器的第三代交配

产生了钻

钻的四肢是黑色的金属

面部有四只眼睛，前后左右各一只

机器说这便于观察

头是多面菱形

顶尖尖的

机器说这是天线

可以接收信息高速公路的

信号

钻没有情感

一天只需一餐

吃的是废铁（是他兄弟的尸体）

钻会唱歌

发出金属般的声音

机器说，他在歌唱人类的黄昏

6

我们可爱的钻

在为我们竖墓碑时

说了一句人话

妈，我想哭

谁能教我?

从此后

钻彻彻底底

成了一台机器

精准

能干

没有汗水与眼泪

没有粮食与河流

我们居住的家

彻底被机器

宣告占领

站在我们堆积如山的尸体上

钻们

迎接

又一个世纪的到来

在这个世纪里

再也找不到

人类的声音

7

钻在一天黄昏

发现一部家谱

但他已认不清上面的文字

这唯一的机会

被钻放弃

他随手将家谱丢进黑夜

8

人类也许会在几百万年后

重新站立

但人类也还会在几百万年后

生下另一个钴
走向另一个轮回
于是我们的歌唱在海水漫过前
已经停止

9
没有时间
没有空间
我们茫然无措
我们被自己的海水淹没
无可救药

在没有时间没有空间的
漆黑的坟茔中
我们悔恨的双手
因为没有劳动而霉烂
并且最终引发全身霉烂
蛆和苍蝇
闻风而动
朝我们的未来袭去
而年少的我无法感觉
而年少的我一时忘却了
父亲

10
父亲也许救不了我们
但只有父亲干瘦的手在风中挥舞
像在告诉时间
告诉空间

孩子们伴着萤火虫回来吧　回来吧……

11
回家的路也许漫漫无期
因为所有的道路
早已被蛇、蚂蚁、岩石占领
而我们的家园
从来都没有像现在这样
遥不可及

父亲
年迈的父亲
是否还等得及我们蹒跚的脚步
响起在某个乡村的黄昏

紫蜻蜓（五）

飞舞的不再是黄手帕
流行的舞蹈
有迹可循的追逐

蜻蜓之爱
蜻蜓之蜕化
如同蛇

在雨后
诉说
向土地诉说

第六部

父亲

梦游（六）

现在我要放下时间与空间
现在我要放下所有的
空洞的事物
现在我要回忆我的父亲
现在我要回忆一位老人
和他赖以生存的
山林

现在我的父亲
依然在回忆之中
现在我的父亲的回忆
依然在山林之上
现在我的父亲的山林依旧葱翠
现在我的父亲的绿色
正深入我们体内

现在我以父亲的名义
起誓
现在我以父亲的名义
在梦中起誓
我终将回到父亲的山林里

1
父亲有坚守的阵地
他一生赖以生存的阵地

那是一片麦田

那是一片山林

父亲以其佝偻的背
粗糙的手
深刻的皱纹
宣布了对这些领地的占有

2
我是在一个午后
走进父亲的麦田和山林
那时候
父亲正在休息

我寻找了整整一个春天
都找不到我所需要的作物
但当我走出麦田和山林的时候
父亲已经认不出我了
从他惊诧的眼光
我才发现
自己已经长大了

3
白色的鸟叫
开始在麦田收割之后
整个夏季
父亲的乡村一片安宁
如果不是我的出走
乡村依然安宁

我的出走
源于我的睡眠不足
安静的乡村令我无法熟睡
我总在半梦半醒之中
构想自己的城

4
父亲一夜间老去
父亲们总是在一夜间
老去
因为
孩子们似乎总是在一夜间
长大

母亲和五个姐姐却没有能
留下我
泪水浸泡了我所有的亲情
但我依然出走在
五月的天空下

5
父亲用苍老的叮嘱送我
他苍老的声音
那一刻还令我无法
醒悟

在若干年后
在我面对城市深刻的迷茫与挣扎之后
我才深深体味

在若干年后
城市和蜆病毒和干风
让我逃离
父亲再次以苍老的名义
收留我
但那一刻还无法
醒悟

6
父亲的守望是在山林之上
父亲的歌唱是在山林之上
如果生命可以延绵
我想所有的山林都将是我的兄弟

兄弟们
森林们
歌唱吧
歌唱来自山林最深处的守望与呵护

雨水不期而至
和着我们的歌唱在山林中摇摆
年轻的父亲
正在歌唱

7
父亲的老去似乎是一夜之间
我们甚至来不及收起动人的摇摆
有一天父亲
无法拥抱哪怕只是一座山林的时候

我和姐姐们知道
城市来了

父亲的老去
让我们面对城市
无所适从

8
我与父亲
依偎在水泥柱下
上面就是城市的立交桥
桥上面是各种灿烂的灯光
过往的行人步履匆匆
奔赴同一个约会

当我们的依偎进入冬季
我年老的父亲开始颤抖

9
终于
父亲立起身子
接过清洁工手中的工具
对整个城市开始
清扫

第二天所有的市民
感觉空气无比清新
但我年老的父亲
再次累倒在立交桥下

手里握紧一张从街上拾回的零钞
对我说：去换吃的吧

10
我送走父亲离开城市的时候
城市正迎来又一个黄昏
阳光不再亲切
预谋着又一个无法揣摸的夜晚
父亲说：
一切小心

紫蜻蜓（六）

紫蜻蜓停驻在父亲的双眼之中
紫蜻蜓与游荡的山林
合二为一

人们学会了珍视
也学会了遗弃

紫蜻蜓成为一种路标
永远的风景
永远的风
永远的
永远

第七部

陷落的城池

梦游（七）

与父亲的山林比较
与父亲厚重的回忆比较
我无言以对

歌唱还有什么用
反省还有什么用

最后的城池
与父亲最后的山林
对峙

我的梦中
我无法苏醒的梦中
话语失落在
诱人的泥土之中

雪、风、雨
就在这个时候开始飘下
我的爱人
天堂的雨是否是你的哭泣

1
已经走近的未来
在我歌唱的热烈中
阴冷地嘲笑

在我歌唱的岩石之上

群体之中

城市潮湿的气息
是最后的快乐

最后的城池
陷落的精神
鸟群远离我们
山林远离我们
湖水远离我们
泥土远离我们
鸟群远离我们因为没有山林、湖水、泥土

这最后的城池

2
我从乡村走向城市
必须感激一路的风
引领我朝圣般的双足
我在乡村几乎忘记了
行走
我如一片秋后寂寞的叶
在大地上寻找爱情
寻找可以滋润我生命的东西

我的行走于是显得
蹒跚
以至一路上有许多可恶的讽刺
朝我袭来

而我
无所恐惧
用我独有的步伐向城市挺进

3
我的过错来自我的成长
不，不完全是
更多的来自城市
遥远刺目的光芒

城市像一群随时可能扑来的
青蛙
蠢蠢欲动
迷漫着令我窒息的气味

城市还是一盏地狱之灯
无法回避
而又光芒四射
意味黑夜

城市
城市
我就是城市
城市就是蟾蜍和蛇
以及一切拥有唾汁的黑色动物

我就是在这种惊慌失措里
逃进了城市与乡村之间的
爱情驿站

一位慈祥的老人收留了我
老人有四只手
不，有更多更多的手
是梦想中的观音

在黄昏时分
老人变得年轻了
成为一位妇人
丰满而又典雅
神秘而又性感
甚至在梦中
尽情吮吸着来自她圣洁的喘息

如果永远如此
上帝会原谅我们

4
雨是在第二天夜里开始下的
我的慌乱
我的迷失
我的兴奋
我的新奇
一如面对即将抵达的城市

终于在夜的终结时
老人又回来了
告诉我城市就在我们的梦呓中
可是从流浪的第一天起
我就忘记了做梦

5

城市是以一种冷漠的眼光
迎接我的
那是一位少女依偎在
一位中年男子的怀中
不屑一顾地扫视着
一闪而过的我

还有很多灯光
还有很多车鸣
失眠也成为一种宿命

6

城市以它独有的冷漠收留我
我栖息在
城市的立交桥下
穿梭的车
如同路边的妇人
吞噬着我

我无法入睡
于是跟踪城市里的
男男女女
于是在三天时间里
我熟谙了城市的生存与游戏规则

7

城市指使它的女儿
用硕大的臀部

诱惑我
用来自深夜的喘息
诱惑我

硕大的屁股
和鲜艳的彩旗
在城市的展览大厅
尽情表演
最后的传说
城市的女人啊
在深夜巡行
用修长的腿
试探着罪恶的深度

我又是那样不堪一击
被城市的欲望俘虏

8
我想大声地喊叫
然而高楼
让我的声音更加沉闷
灰色的网
像此刻的爱情
令我无处躲藏

就在这个时候
我看见我的父亲
白发苍苍的父亲
不，是城市的父亲

城市白发苍苍的父亲

在十字路口

乞讨

9

再说一次——

就在这个时候

我看见我的父亲

白发苍苍的父亲

不，是城市的父亲

城市白发苍苍的父亲

在十字路口

乞

讨

这是怎样的一位父亲呵

岁月的风尘令他的面容过早干枯

但风霜依旧磨不去他的慈祥与善良

他曾是个农民

勤劳地在大地上耕耘

他曾是个工人

在钢炉边洒下太多理想的汗水

他曾是个教师

在桃李满天下的梦想中执着

然而，城市已不需要这一切

城市长高了

城市富有了

农民的父亲

工人的父亲

教师的父亲

……

都不重要了

我们白发苍苍的父亲

不是在乞讨啊

他是在城市的十字路口

拷问你！你！还有你

拷问着你们的灵魂

你以为丢下一角、一元

就能在这十字路口

赎回你早已遗失的良知吗？

你以为

你以为

我们的父亲

仅仅是在

乞讨吗？

10

走过十字路口

我来到一座大厦前

这里是大厦

也是夜总会

也是氧吧

也是洗脚吧

也是桑拿健身中心

也是……

城市人
也有像我一样正在蜕化为城市人的
乡下人
一拨拨地消失在
大厦的厅门口

厅门
大厦的厅门
使我想到了路边的妇人
漆黑的坟茔
黑夜的背影
蛇的唇剑

11
令我侥幸的是——
若干天后从大厦出来的人
都已不会呼吸了
他们忘记了呼吸，因为在"氧吧"有机械为
他们呼吸了
也不会进食
也不会洗澡、洗脚了
……

祖先用劳动创造了一切
包括：
取火
用手
用脑

而他们恰恰彻底遗忘了
这一切

紫蜻蜓（七）

你走了
只留下一个路标
指示我们迷乱的脚步

紫蜻蜓
无法停驻

紫蜻蜓
无法修饰
所有人的
所有的梦想

第八部

交　易

梦游（八）

山陌上游走着
另一个世纪的我们
牧歌在晌午时飞扬

母亲收拾起的一路灯光
正照耀在村落的上空
召唤着我
召唤着所有的山林
朝着落叶的方向前行

母亲用一双手为我们
交换了成长的童谣
母亲用一次歌唱
交换了失去的麦稞
于是
我在每一次交换中看见了
母亲的
母亲的
不可再来的青春

1
在钻失语的前夜
我准备在城市与乡村之间
做一桩交易
用城市的缤纷交换乡村的宁静
用乡村的翠绿交换城市的五彩
钻是我唯一的本钱

可是

我还是失去了钴

失去唯一一次能成为富翁的机会

城市与乡村

都基本同意我的建议

一场史无前例的交易

眼看就要进行

我几乎名利双收

可是

我还是不得不失去钴

失去唯一一次能成为城市偶像的机会

2

后来很长的时间

我沉寂

蛰伏在城市某个歌厅

靠演唱母亲在山陌上的身影

换取每一天的饭钱

后来很长的时间

我害怕与人进行交易

我心疼啊

我想如果不是钴

我早就是一名富翁了

再看到像父亲的乞讨者时

轻松丢下几枚铜板

坐上一辆豪华的车
驶向另一个豪华的都市
尽管那位像父亲的乞讨者
最终扔去了我的施舍

遗憾的是
我只有靠贩卖母亲的歌唱度日

3
终于有一天
一位老板看中了我
他一眼看出我不属于这个群体
他说只要我能帮他的公司买下
父亲的山林
就可以给我一大笔钱
我的机会似乎又来了

可我的父亲
绝对不会出卖山林
这是我来到这个世界
第一个真实的准确的看法
但这似乎是唯一能让我
成为一名富翁的机会
于是
我来到立交桥下
寻找每一个像父亲的乞讨者
向他们乞求哪怕只有一棵树的山林
无疑
我被拒绝

我被父亲们拒绝

他们的眼光是如此淡漠
如同我是一个城里人

4
就在我穷凶极恶的时候
爱情又来了
一位少女在某个夜晚
走进我租住的违章建筑里
说：给我写诗吧
那一刻我变得神圣起来
救世主就是我自己
为了少女
为了大厦
我决定乞讨
用乞讨进行交易

我的表白如同诗歌
令少女情怀大开
拥抱着我说一个吻换一辆车
一个吻换一幢大厦

为了我将拥有的两片红唇
我决定乞讨
用乞讨换回尊严

5
但是城市从没有施舍我一分钱

我的乞讨显得苍白无力
那名红唇少女在绝望中离开了我
面对镜子
我决定出售自己
而且从面颊开始出售

但城市也并不缺少人类的器官
他们用克隆的
钻们的身体代替所需要的器官

6
终于有人愿意低价购买我的双手
这位老板认为我的手可以作为一种装饰
放在他的车窗前

后来渐渐有人
买去我的眼睛、双腿、肝脏……
最后终于全部出售完我自己
换回一沓钞票
第二天又用这沓钞票收购了帝王大厦
我成功了
我学会在这个城市出售自己
并且还发现
人们都在出售自己

7
当我发现"蚬"很值钱时
我已拥有了自己在立交桥下的梦想
母亲来信说

乡村上空到处飘浮着人类器官

其中似乎有些器官来自她的儿子

这封信

并没有让我有所收敛

相反

我准备策划骗走父亲的山林

然后用这片山林

换取"蚬"

然后用"蚬"

换取我需要的另一些东西

然后……

如此的无休无止

终于

正如大家已经知道的

不可收拾的海水浮起

"蚬"被激怒了

像我这样曾交易过它的人们

最先被他浸浊

在某个世纪的某个清晨

我们在镜子中看到的不再是自己

而是一条丑陋的蛇

并且无法蠕动

而蚂蚁呢

而青稞呢

而麦穗呢

而稻香呢

也来不及
这一天的街道上
蠕动着无数条丑陋的蛇
蛇与蛇在交谈
也许在忏悔
收费太高
但上帝无动于衷

8
若干个万年以后
另一种生物在考证这一段历史时
惊奇地发现
被人类贩卖得最多的还是人类
而且最终连蚬、钴、电脑、蛇、蚂蚁……
都开起了人类专卖店

这种生物的历史学家和考古学家惊呼
人类怎样了？
第二天报刊的头版头条刊登：
人类的黄昏开始在贩卖的午后

9
当自己被梦魇纠缠得无以复加的时候
我患上了忧郁症
我就在帝王大厦的顶层
用手机通知我全部参加交易的朋友
兄弟
我是在梦中开始贩卖
我又要被梦贩卖掉

10
我最后想用全部的所有
换回我的器官
哪怕仅能换回一双眼睛
可惜无法实现
它们早已被蚬和钻带到另一个世纪

我在人类的楼顶开始回信
给母亲：
能不能帮儿子捡拾一点点器官
可惜母亲已经老得
看不清我的回信

11
我拥有了城市吗
我又失去了城市吗
我所有的交易与乡村无关吗
我将会得到什么？

没有人回答我
城市依然冷酷如同那轮不常见的弯月
默对着
几千年的欲望

紫蜻蜓（八）

是否我只剩下了你

我的紫蜻蜓

你飘扬的裙裾是否在像母亲一样 召唤

是否我只有一无所有

才想起你

紫蜻蜓 紫蜻蜓 紫蜻蜓

我最后只有在城市的立交桥下

在各种车辆的轰鸣中

收拾行囊

告别爱情

追随着你飘忽的舞动

悄然离去

第九部

宿命的港口

梦游（九）

抵达了吗
还是仍在途中
十余年后的寻找
在某个路口遇上二十年前的
某个梦

梦中的梦中
醒来中醒来
从不在梦中
从不曾醒来
无法掌控的岁月
又尽在掌握

在一路的尘埃之中
你无处不在的气息
你无处不在的过去

与我一起流亡

十余年前已经注定的
游走　一刻也未停止
一刻也未停止

1
有些时候我尝试挣扎
挣扎中醒来
展翅欲飞的梦中

我看到自己安详地老去
在人类最后的峰顶　老去

不需要解释
不需要叫卖
蜂拥而至的未来
一发不可收拾

当我终于挣脱
但再也找不到来时的道路
依稀可见的路牌在风雨中飘摇
晃晃荡荡的少年
在街口
用一支枪结束明天

2
投降吗
钟声远离教堂
在一条条河流的上空　回响
牧师准备好了
祈祷吧
或者　忏悔

我把手伸向一个个黄昏
教室里　老师嘴里的公式　自天而降
于是一场大雨　不期而至
黑板后年迈的我　频频挥手
西天最后的云彩
都留给诗歌

我向往一片片天空
世界之外时间之外的一片片天空
你看看
莫名其妙的少年
在天空中挥舞着五彩的旗帜

3
我不能停留
我也不能预知
虽然往往时间都证明了一些真知灼见
但那些与我无关
与时间有关

有些时候
我想走走乡间的小路
希望被你们遗忘
找一个安静的村庄
看各色的花朵结出各色的果实
看春去秋来
看一个人在时间之外 老去

乡间有许多温暖的东西
譬如久违的牛粪 还有炊烟
炊烟犹如升腾的云彩
飘向我可能抵达的地方

4
我还是得回来
回到梦中的沼泽地

久违了
一年多没有梦到的沼泽地

也许我其实一直都在
这片沼泽地等待自己

那是一片熟悉的土地
道路以及房屋
还有熟悉的气息
是那么熟悉

我一次次走向这里
似乎又从未抵达
这是我一再出走的地方
还是我一再期盼抵达的地方
那是我的背影
还是我的到来

5
你真的在这里
一直等待着我吗
可是我还在路上
你看我有时直奔而来
有时又折返原地
有时走上另一条不可能抵达的道路
跌跌撞撞　懵懵懂懂的
但还是向你走来

我真的不知道你还在这里

我只是朝着命定的出口
我以为的出口　逃离
人群中
我看不到你挥舞的手
黄色的丝巾
火红的呼唤

我如此浪费自己的时间
我真的不知道你还在这里

6
终于
洪水阻挡我的脚步
人类总是自食其果
我小心翼翼也好
我莽莽撞撞也好
我还是无法走近

一切都注定了
我在二十年后
又或者二十年前
我都无法走近

如果我们知道了结局
我们还会开始吗
我们是会相遇
还是会分开
在时光的交错中
我与你必定擦肩而过吗

7

有时候山是沉静的
山并不能阻挡
只是一层一层的树林
有多少亡魂
在守望

我必须穿越吗
在抵达前的一百年
穿越

松针刺伤了我
证明这不是梦境
也许未来就是一个梦
梦中的松针同样能
刺痛我

8

谁都愿意相信命运
可是你相信我的到来
还是宁愿相信我的离去

你说
今天的到来是明天的离去
明天的离去是今天的到来
你说
一切都不重要
重要的是我来过

是的
我真的来过
这里的一切如此熟悉
书桌上排开的稿纸上
明明写着我明天离去时
写下的诗歌

9
放手吧
放下吧

还有什么放不下
一切终将要归于平淡
千年后
我们注定要擦肩而过
就像千年前
我们注定要再次伤害

你是我前世种下的玫瑰
还是我今生踩死的蚂蚁
不重要
重要的是
我正在走向你
宿命般地走向你

10
是的
这就是我宿命的港口
负责让我停留

负责让我驶离注定的大陆

是的
放下的总是放不下的东西
你紧紧握在手中的
也不一定是幸福

当我无法走近你
就让我在宿命的港口
等待一个个宿命的早晨
逃离不可预知的风暴

紫蜻蜓（九）

一路上
紫色的蜻蜓陪伴我
我们一起奔跑
我们一起飞翔

有时
我觉得自己就是一只
紫色的蜻蜓
飞蛾扑火般地奔向你

注定放不下
注定要倒在某个港口
这些紫色的紫色的

精灵们啊
千年后还会飞翔在
这寻找的道路上吗

如果你遇上了
请一定要告诉它们
有一只奔向宿命的港口的
紫蜻蜓
快乐地消散在
某个少年的网中
后来做成了标本
但还是在等待
并将永远等待

第十部

挣扎

梦游（十）

我再一次梦见那片沼泽
旺盛生长的青草历历在目
奔跑中的沟壑
肆意汪洋的湖水
照耀着我

漂浮的青苔
跃动的记忆不再真实
许多碎片撒向湖面
那弱不禁风的故土
已引领着我
逃离又一次梦魇

无法想象
几十年如一日做着同样的梦
泛滥的情感如此不可收拾
这只是属于我的沼泽吗

1
湖水一直不同于城市
湖水也一直不同于乡村
灵动的湖水如同
我们内心中一刹那的停留
每个人心中都有一泓湖水
每个人都需要一泓湖水
有时候在梦中
有时候在最不经意的时刻

湖水在悠扬的琴声中
泛着透彻而深远的光芒
那一刻我是如此安详
大地如此安详
生活如此安详

2
大多数时候
我们依靠湖水而生活
我们呼吸她
我们饮用她
没有给她任何回报

湖水不言
湖水依旧宽容着我们全部的索取

大多数时候
我们忽视了她的感受
因为她的宽容与无所不在
我们忽视了
没有在许多预言实现之前安慰她

湖水不言
湖水夜晚的呻吟我们以为是唱歌

于是我们点燃篝火
让青春的张扬的都走进来
走进湖水

3
有一天女儿指着湖水对我说
爸爸，你看湖面多么美
啊，真的很美
不知道从哪一天开始绿色的纱衣
洒满了湖面
湖水变得影影绰绰
湖水变得更加美不胜收

女儿说
女儿用纯洁童真的声音说
爸爸，穿了绿纱的湖真美
是天使还是明天

4
那张着丑陋而巨大的口
喷射着各种气味各种颜色的液体
以胜利者的姿态
宣告了对湖水的占领

女儿
那不是绿色的纱
那是一种崭新而丑恶的生物
它不是天使也不是明天
天使早在你七岁时离我们而去

空气中喷射而出的
是谁的呼唤或者呻吟
当我们仍不得不喝下

绿色的水美丽的水
是我们的呻吟吗

5
有些时候我和女儿在湖面上　游戏
淡淡的晨雾　迷蒙中
湖面下有一些跃跃欲试的问候
打动我们

那是昨天的我们吗
明亮的生活　快乐的舞蹈
我们在倾倒着什么
我们无所顾忌的挥霍

终于湖面永远被雾气笼罩
阳光无法照耀
我和女儿看不清来路也找不到
出路

6
是谁在喧闹是谁在争吵
轰鸣声来自湖水的四面八方
所有的湖水显得非常不安　四处奔跑
巨大的水浪拍打着船只与湖岸
它们挥舞着几千万双手
朝着我们
朝着我们建起的各种美丽的生活
奔袭而来

它们无法安静

它们烦躁不安

它们的温顺一夜之间丧失殆尽

它们在敲打窗户

它们封闭了我们逃离的所有道路

四周弥漫的绿色的黄色的紫色的水

美丽的水啊

让我们无法逃离

7

湖水已经淹没到我的胸口

我快要窒息了

这一刻我看到了你

我的兄弟姐妹都在湖水中挣扎

彩色的水拍打着我们

有些水珠也溅进了我们嘴中

那是怎样的一种味道

没有人能回答

我看到了我们在湖水中挣扎

挣扎

最后一动不动

淹没在彩色的湖水之中

8

我又一次挣扎着醒来

真希望这只是一场梦

窗外还有很多霓虹在闪烁

喧闹的大街仍然人声嘈杂
真美好
那只是一场梦

我想起床来到客厅倒一杯咖啡
再回到窗前看看这美妙的城市
女儿仍在安详地睡着
她不会有与我同样的噩梦

打开房门
客厅呢
客厅里怎么都铺满了植物
可以爬行的植物
向我迎面扑来
迅速地将我四肢缠绕
那是一种藤状的植物　多么熟悉
凶猛而妩媚

9
它缠上我的脖子
我不能呼喊
我想叫出声来
让女儿不要打开房门
但我已无法叫喊
我已无法呼吸

在即将窒息之际
我用尽最后一口气咬下那根藤茎
那不是什么植物

99

那是垃圾和化学物品
于是道路旁村庄城市中各色垃圾
以及排放的各色液体
再一次迎面扑来
让我来不及再一次醒来

紫蜻蜓（十）

你又停留在我的窗台
你看到了我的挣扎吗
梦中的现实惊吓了你吗
你也如此无所适从

你再一次翩然而至
总看到我的窘迫与慌张
你说你提醒过我
让我不要睡去
不要沉入梦中

而在我的梦中
你仍在窗台前用怜悯的眼神
看着我
看着我的挣扎
你不能走过来
因为我们之间相隔的不只是玻璃
而是一个现实与另一个现实之间的梦境

第十一部

岁　月

梦游（十一）

这弹指一挥的梦境
只是一刹那间的相逢
重叠与修正了无数次的目的地
仍在等候

泡沫或者坚实
被时间一击过后
没有了天空的痕迹
更不见飞鸟

依然奔波尘世的身影
梦没有任何色彩
是一种怀念
是一种顿悟

当时间漫过梦境
我伸出双手　拥抱
我走在时间与时间之间
一刻也未离开

歌唱吗
或者　怀念
十年一刹那
慌张的我们朝着未来走去

1
当我准备放下一切动人的诗篇

走向新的生活时

爱以及温暖　告诉我

在即将到来的世纪

我将开始一段新的旅程

那是鲜花铺满的旅程

还是荆棘满布的旅程

都不重要

重要的是你们一直陪伴着我

这份温暖啊

这展开的不可预期的旅程啊

我努力地攀缘

只为接近这份温暖

我试图在十年后的某个梦中

回到这份温暖

2

历史在这个节点上热热闹闹

许多的人物与细节都一一醒来

几千年的纠缠

真实地存活在每个人的梦中

我们的理解如此大相径庭

关于伤害与鲜血

一些匆忙的爱情

覆没在时间之下

历史冰冷也好历史温暖也好

我们走到了世纪之交
我们即将跨入一个崭新的世纪
所有印记必将为我们顶礼膜拜
这是感激
这是安慰

3
出卖是一个时期的主题
在一片大漠之中我有时宁愿
一个人踽踽独行

这寒夜而起的风　如此刺骨
冰冷的直入我的心脾
交易之后
交易之前
我们不过是一件商品

母亲在母亲的山陌
人类制造的东西价值几何
母亲不知道的交易与出卖
从一个山头卷向另一个山头

4
你刺痛了我
我伤害了你
在世纪大道上我们擦肩而过
血淋淋地擦肩而过

裹在皮偻中脆弱的躯体

迷惘和无助的眼神
你和我是否记得十几年前的
心手相连

那是故乡的山岗
那是故乡的河流
那是故乡的村落
那是故乡的蝉鸣

5
我在昨晚的梦中闻到
小时候爆米花的味道
还有糍粑的香味
许多的蝉鸣在夏日
一个少年高高跳起
双手伸向四季青树的枝干

文字可以安慰灵魂吗
不思考不梦想可以安慰灵魂吗
十年前后的人事皆非
我只有拉着亲人们的手
走向下一个黎明

6
有些文字与音乐我已记不起来
我生疏地张望
自古至今有多少尘埃
让我们带到一个新的世纪

在一个世纪与另一个世纪的倾轧之中
象形文字
千年的明月
金戈铁马
世代的光芒
我已记不起来

遗忘是安慰自己最好的方式
我试着忘记你
忘记过往的慌张与莽撞

7
就像我们不能预知下一个十年
这样的生长
总是让人惊喜

过去的时间
是一点一滴流失的
在我们生长的同时
又有多少事物在生长

空气中热烈的气息
找不到一点过去的影子
兄弟姐妹奔向城市的世纪广场
尽情欢乐

没有过去的城市
是快乐的城市吗
我看到河流之外几千年的城镇上

也有人在舞蹈
我同样看到了他们的欢乐

8
这是怎样的一个时代
我们要如何歌唱
我们的恐惧以及
我们的欢乐

我总是莫名地恐惧
恐惧睡去
恐惧醒来
恐惧恐惧

未来有时候深入我的内心
爬行在此刻的道路中央
过往的行人车辆倾轧而过
我粉身碎骨

也许什么也没有发生
只是内心中不时惊恐莫名
打量着黑夜
黑夜漆黑如墨

9
我们吃下的东西
我们走过的道路
我们认识的人群
如此陌生

不时向我们攻击
用不可预见的遗忘与背叛

当我在大厦顶层
瞩目我们的过去
干风、蚬、钴正在集结
打扮成熟识亲切的模样
我预知了这一切
却来不及告诉人们

我只有纵身跃下
可当我发现那只是一场幻景时
我已朝着大地
扑面而来

10
灾难总是不期而至
当黄昏的宁静被打破时
许多事物与记忆被重写
我们深刻的悲哀
无法治愈

我们不认识大地
我们不认识天空
我们真的无法逃避吗
我们深刻的悲哀
拷问自己

伟大的感情在这一刻

无比动人
我们深刻的悲哀
深刻心田
永不逝去

11
在这里
我要怀念我的兄弟

兄弟
只有在你离开我后
才知道你朴实无华的脸庞
是这个世界最为珍贵的

兄弟
我仍然无法平静下来
深切地怀念你
哪怕为你写下一首诗
但我真的
这一次我是真的痛彻心扉

兄弟
你成了我内心中深刻的痛
我在这里只能用一节诗句
怀念你
怀念我最好的兄弟
此刻我发现语言如此无力
刻画不了我无以表述的痛
那么就不写了吧

在《岁月》的最后章节中留下你
关于你的怀念和
我最深的痛

紫蜻蜓（十一）

未来不可预期但光芒四射
未来五彩缤纷
放下梦中的惊醒与时间的慌张
用宽容安抚一切

诗人说过
一切都会过去
一切都会成为怀念

紫蜻蜓
和我一起朝着
命定的方向
不可知的方向
继续前行吧
虽然依旧很痛

第十二部

临终的风暴

梦游（十二）

终于
一切将要平静
我的爱人看到熟睡中
一张恐怖的面孔

我的爱人
可否看见
风、雨、雪、电中我在
梦中嘶叫

终于
使得乡村依然青翠
城市依然挺拔

终于
我在梦中沉沉睡去
再一次
睡去

1
我的逃离仓促而惶恐
霉乱的人们无望地看着
最后一列车驶出
死亡之区

在这一瞬间
我想到了乡村

我想到了乡村广袤的田野
清新的风

在这一瞬间
我想到了母亲
我想到了母亲温暖的怀抱
亲切的叮咛

在这一瞬间
我想到了乡村的兄弟姐妹
我想到了
乡村的博大的情怀
和温暖的风光

乡村在我心中
我因乡村而再生
乡村在所有的城市之上
遥远地召唤着我
指引着我
一颗永不平静的心

乡村的农作物
我们的粮食
我们的黎明与正午
我们的鲜血与热泪

雪只会降临在这样的土地上
雪只会在这样的土地上
孕育下一季的情愫

山流喷薄而出
清澈的水像风
不，不是风
是少女的纯真脸庞
不，不只是脸庞
是少女的一切
纯真的少女

乡村是纯真的少女
乡村是纯真的少女吗
斧削般的冷峻
与乡村无关
与感情无关
与一种蒸发了的理论
密切相关

我的逃离
我的没有归期的逃离
某一刻
城市与城市中硕大的屁股
让我怀念
某一刻
城市的立交桥无比恢宏
某一刻
我忘记了赞美和悼念

乡村的蛇
正是在此时探望了我
感谢蛇

把城市的旌旗污浊
然后毁灭

于是
我又回到了我的乡村
真正的乡村

2
麦穗告诉我
青稞告诉我
苍柏告诉我
过去的展现
令我眼花缭乱

现在我回来了
当然有炊烟
当然有母亲
当然有一碗热的酒
和着暗黄的油灯
一宿尽醉
母亲的月亮
与牛们、猪们尽情欢唱
蝉鸣
还有木棉

不仅仅是蛙声
不仅仅是唢呐
不仅仅是声音
不仅仅是我

不仅仅是诗人

不仅仅是一位哲人
不仅仅是

宁静仍如少女
我的安睡再一次从乡村开始

3
……
我睡得如此安谧
像季候风
像夏日的一张
凉席

……
我的梦境
在一次彻底地跌落后
走向深渊

4
蚂蚁
童年的蚂蚁
以及
一切赖以生存的植物
和我一起入睡
无比憩静

5

谁可以拒绝我

谁可以无所不在

谁可以为泪水而存在

谁可以为海水而存在

谁在泗渡

冷峻的风不属于乡村

冷峻的岩石不属于乡村

谁可以拒绝我

就像拒绝风

我的自在

我的自在的舞

舞在乡村的天空

与气息之中

6

突然而来

我在梦中站起

灰色的鸟群

和黑色的植物

藤状植物死亡的气息

真实的气息

麦垛上空

还是一轮乡村的月亮

阴柔地再次发出霉烂的诱惑

真实的诱惑
真实的我再次发现
自己睡在立交桥下

于是
我寻找属于城市的声音
在乡村

真实的寻找

7
我是在这个清晨
发现母亲和五个姐姐
穿着五彩的衣服
走出灰色的尘埃
然后
拾起了这一切

而我 并不悲伤
不，我发现有人
滚下
铁——眼——泪

那个人就是我吗

8
一切归罪于风
风带来了城市的霉烂
风令我在梦中

站起

我又回到了岩石的对峙之中
而又不仅仅是与蚂蚁对视

9
不能原谅乡村
不能原谅终结的灌木
不能原谅生长的旌旗
当岩石宣布了对山峰的占领
绿色与风尽皆退却

宿命不是罪
我在城市与乡村与欲望的上空
宿命地呻吟

轮回的不只是时间
我在暗红的情感里
抱住母亲温暖的身躯
喃喃自语
"我们回家吧。"

10
人们发现自己的尸体时
已经彻底腐烂
被无亲无故的人丢弃在
逃亡的路上
孩子们在逃亡的路上唱着
家乡的歌谣：

我们是欲望的结果
我们是绝望的种子
……

11
当我再次走进精神病院时
老朋友向我发出会心的笑
如此灿烂
如此妩媚
我发现再也离不开这里了

当我再次从梦中
站起
我告诉自己
继续睡觉

当我再次走在
城市
或者乡村
或者欲望的高架桥的残垣边
抚摸是一种无言的伤痛
几个世纪前的故事
如同寓言和神话
被诗人在
二十一世纪的夏日
放声歌唱
直至结束

紫蜻蜓（十二）

任何的蜻蜓

任何的紫色的蜻蜓

任何的紫色的失去了方向的蜻蜓

回到了黑草原

回到了蓝草原

回到了灰草原

回到了砂草原

回到了……

结语：开始

1
一切恢复宁静
一切交给了
一切

我真的让自己在
梦中倒下
以风、蚂蚁、蛇、机器、妇人、城市、乡村……
的名义
让自己在
梦中倒下

铁锈是我古老的眼泪
青铜与甲骨是我堕落的声音
我无法面对
我在梦中倒下

我在梦中倒下
无法继续自己的行走
一如我在逃亡路上的腐烂
一如我在妇人怀中的迷失

我在梦中倒下
我在一切可能中
入睡
我在一切可能中
宿命般地入睡

2
若干世纪后
我命自己的孩子们
降临大地

以神的名义
再造
再生

3
我在梦中倒下
城市依然
乡村依然

灰色的飞鸟
令人漠然

红色的蚂蚁
令人漠然

狡猾的上一个世纪
高声歌唱
歌唱我在梦中倒下

4
我是谁?
我是母亲的使者
我为什么注定要游走在岸上
海的风景

不属于海
一如我不属于自己

从此
一个我从梦中倒下
一个我从梦中站起
从此
一切归于平静
我与我游离于
思想之外

5
无可回避
自己的年代
以虚无的名义可以吗

无可回避
青草与桥梁
飞鸟与铁路
以黑夜的名义可以吗

道路……
以青稞和山峰的名义
坚不可摧
无可回避
最后的蜻蜓

那双双扑闪着星光的眼睛呢
让我们借助它

穿透所有的墙

似曾相识的宁静

在最后的紫蜻蜓
在最后的蜻蜓
离去时离去

无法以生命的沉着　面对
只是以乡土与山林的名义起誓
以后的道路

这最后一只精灵
无比安谧
这最后一面图腾
无比清晰
无法以未来的欢愉　面对
只是以城市与文明的名义起誓
曾经的辉煌

6
最后的蜻蜓
已经不屑一顾地
向着灰草原飞去
飞去

那么
让我们埋葬
那么

让我们再生

7

我纯洁、善良的孩子们
正在呼唤我

他们告诉我
黄昏到来

他们告诉我
明天醒来

他们告诉我……

8

一切终归平静
还有我们的内心
让我复归平静

挽歌唱响的纪念
在上一站宣告结束吧
让阳光
对，让现实的光芒
普照吧
让我们复归平静吧
并且开始崭新的寻找

9

我终于找到了梦想之地

这块我梦了又梦的土地
原来就在这里
我告诉我的伙伴们
就在这里
我们要种上绿树和鲜花
还要砌起各种房子
我们要建一座城

是的
我们要建一座城
在一座城市开始的地方
用坚强、勇敢和决心建一座城
用于纪念
用于重生

是的
我们要住进去
让现实的光芒照耀我们的梦想
让城市重新开始新的旅程
朝着崭新的方向
正确的方向

风过耳

· · ·

· · ·

风过耳

我要在故乡的
群山之中
修一座小庙
暮鼓晨钟
与过去再也不相见
原谅了别人
也原谅了自己

佛经是很难读懂了
大多数的功课
只是为孩子们和
所有善良的人祈福
闲时
看一株草随风摇曳或者
倔强地生长
有风经过时
檐下的风铃肯定会响起
才记起看看
山那边的故乡
依然会让我怦然心动
那就再多诵几遍经吧
直至风停下来

渡口

秋天深入到湖水之中
微风都可以让人战栗
渡口还在
波澜依然不惊

长椅上的张望
只等来岁岁枯荣
沉入湖底的疼痛
与所有人无关

早就应该走进
落英缤纷的山径
因为最深的丛林
往往就是最远的江湖

也许在另一个渡口
在岸边的芦苇丛中也有个人
迷蒙中看到秋风才起的湖面
有人踏波而来

虚石牧场

我想起草丛中
星星散落般小花的名字
还有池塘边

偶尔被猎户惊起的清晨
葡萄园只有一个工人在劳作
阳光依旧照在他的身上

牧场上的牛群
不需要知道明天的事情
山坡上麋鹿、火鸡依次出现
透过丛林
可以看见远山后的夕阳
层次分明而且触手可及

就在山顶的石头上坐坐
或者听听
几乎与故乡同样的
松涛之声
仿佛是从少年的某个午后醒来

克洛姆罗夫的城堡

热闹的城堡没有烟花
只有那些金色的小花
散落在草丛中
伴着钟声盛开

伏尔塔瓦河匆匆流过
中世纪的思念
已在桥下的绿洲上

长成一棵树
甚至是一块石碑

南波西米亚的风刚好吹过
只是远处半山上的城墙
已没有人在注视
山下红瓦一片
模糊了圣维特大教堂的塔尖

唯有山坡上的金色花朵
每年依旧盛开
像是在等待
也像是漫不经心地盛开着

大雪南行

火车开去
以为大雪会追赶
才发现并没有什么需要挽留

雪花还在一点点变小
积雪变薄
似乎都变得很轻

没有一点声息的飘落
看得出树梢对飞舞的雪花
毫无牵挂

有些雪还在坚持
在山顶 在河边 在田野
仍然无动于衷

前方到站
回头一看
雪，全部无影无踪

挥一挥手，就说句
大雪快乐吧
对，唯有大雪快乐

回望

　　一部分匈牙利人坚定地认为自己的祖先是匈奴人，布达佩斯的渔人堡上，有一尊匈牙利首任国王圣·伊斯特万的雕像，国王一直深情地凝视着东方。

从东方绝尘而去
风沙漫漫
依稀还能闻到水草的气息

在成为一尊雕像前
还来得及怀念
关于大漠的种种

其实

没有比雕像更长久的回眸
没有比石碑更温暖的守望
即使没有归途
也绝不改变凝望的方向

清明偶得

我们要热爱山巅飘洒的雪花
我们要聆听兰草花开放的声音
对于故乡
我们要做一个多情的人

我们要热爱深山盛放的杜鹃
我们要熟悉清明时洒下的雨滴
对于故乡
我们要做一个最多情的人

我们要把所有的赞美诗都献给她
我们找不出更多的词去形容她
对于故乡
我们只有做一个最多情的人

致母亲

如果您是我的孩子

我想我也是可以
像您爱我一样爱着您

而我只是您的儿子
我只是粗糙地爱着您
我只是隔三岔五才想起要爱您

我们总是想
让孩子快快成长
却忘了您会同时老去

好吧，既然我们改变不了时间
就趁还来得及
好好抱抱您　紧紧抱您
像拥抱孩子一样　紧紧抱您
说一句：我爱您
就像小时候您总说给我听的那样
纯粹而又深情

还是风

看看由白变蓝的天空
刚好有风经过
抚慰那道不浅的伤痕
虽然一切变得模糊
甚至终究什么也没有留下
但很多很多年后

在某个阴雨天

某座大桥

某个火车站

某个港口

某个机场

会想起一个人

好像来过

好像痛过

好像昨天

也好像二十世纪

也许其实只是风经过

也许真的是好久不见

也许从未相见

只是风刚好经过

……

清晨

有这样一个清晨

一颗芽从土里钻出

看了看新鲜的世界

露水正从花瓣上滑落

滴在芽上

芽感觉到一阵清凉

阳光先穿过云朵

再穿过树叶

照在了有露水的芽上

天地变得五彩斑斓

就在这样的清晨

一切都那么不经意

刚好经过

脚印大地

一张又一张

久违的脸庞

出现在村口

村头的树才挑起初阳

他们来了

带着镐、锹

带着春天的气息

如种子播撒进土地

那一个又一个

深刻的脚印丈量着

对大地的爱

一双又一双手臂

在塘堰飞舞

奏响了一支春之曲

一双脚印又一双脚印

扎了下来

疏通塘堰岁月的淤泥

当阳光漫过他们的身影

清澈的塘堰

漾起欢笑的层层涟漪

139

而当晨风拂过那一排林子
田野上就会传唱
乡村的喝彩

火山

在活火山之上
在死火山之上
晶莹的海浪拍打黑色的礁石
人们已经忘记
那也曾是滚烫的熔岩
也曾在某一刻燃烧
但今天一如雕刻的时光
平静，如大海、如蓝天

岩石粗粝的心似乎也无动于衷
也许仅仅源于岩层深处的某种病毒
也许只需要一阵海风
在黑色海滩登陆
一座岛终于等来宿命
在东岸的丛林中
火山再一次爆发
溢出的熔浆仍像上次一样火热
席卷而来
照亮我们的明天
也照亮我们的过去
如冰冷的冒纳凯阿山一样
我们冰冷的过去

落日

厚厚的云层渐渐退去
没有海鸥的海岸
瀑布扑面而来
岩浆与人类似乎同时在酝酿
一次相遇
一次迸发

山谷中尤加利树生长茂盛
因为燃烧的溶浆刚刚经过
也许万物如此
有生长就有消融
有相逢就有告别
曲折的海岸线
丰收的大地也掩盖不了
落日尽处
火把高擎

再见落叶

树叶落下的声音
是金黄的
是曾经握过的手
又一次在梦中摇曳

树叶落下的声音

是清晨的
是不经意被拾起的贝壳
记起曾被海水激烈地拥抱

树叶落下的声音
是温暖的
是父亲的目光
在我们走过的岁月轻轻抚摸

没有下雨的夜晚

没有下雨的夜晚
为什么还是打湿了台阶
倒映在湖水中的雕塑正用心倾听
草丛中秋玲的呢喃

没有下雨的夜晚
擦肩而过的也许是南来的风
丢失在灯火阑珊的街头
夜空中的挣扎时隐时现

没有下雨的夜晚
谢幕的雨水倾盆而下
淋湿的时间在台阶上
频频挥手

想说声再见

却无法发出一点点声响
也许是忘记了嘴巴如何张开
在没有下雨的夜晚

重游圣托里尼岛

海水终究是海水
哪怕是爱琴海的波浪
也无法拍打故乡的河岸

白色的石头依然是石头
无论放在原野、山峰，还是屋顶
都更加真实

野菊花尽情地盛放在悬崖边
飞鸟，踪迹全无
唯有太阳，在圣托里尼
无休止地谢幕

多彩的晚霞是谢幕的掌声
在十年前响起
而后悄无声息
一如蓝色的屋顶
安静，而又明亮

阿尔山小镇

小镇也没有烟花
只有马头琴声
在蓝色的空中飘扬

阿尔善河轻轻流过
玫瑰山多年的想念
已长成一片树林

风又经过
好森沟、白狼峰
还有哈拉哈河边的水草

经过老车站的塔尖
那紫色的花朵
每年如约盛放

科尔沁草原情歌

这一次我要在草原上
寻找青春的气息
期待一次不期而遇

草原啊
也有忧伤的歌
那是美丽的姑娘已离我远去

我不能停留
关于草原我不想知道太多
只想和你回到往昔

在科尔沁草原
我想翻动这黑色的泥土
收集你留下的气息

我要那草原
喊出你的名字
然后唱出属于我们欢乐的歌声

索伦牧场的清晨

我在草丛中
遇见了格桑花
也记下了醉蝶花、大丽花、紫冬菇的样子
索伦河谷的阳光
透过白桦林
照在牧人的身上

牧场上的牛群羊群
不需要知道过去的故事
山那边的彩虹
遥不可及

就在将军山

看着那片
熟悉的油菜花
看到了故乡清晨的样子
虽然遥不可及
却又无比熟悉

华山往事

1
江湖上很久没有你的消息
这几年江湖很平静
因为你的离开

自从那一年的华山论剑
那一剑的温柔
令天地动容
下了三十六天的雨
江南淹了
有一种柔情也同时被淹没

我在玉泉院
沏一壶龙井
等你翩翩而至
白色的披风
飘逸的黑发

你没有出现

甚至没有一点关于你的消息
没有你的江湖
平静得令人窒息

大家似乎忘了你
没有人愿意提起你
在我面前因为你的离开
这个江湖显得冷漠无情
不需要怀念
不需要过去

2
那是一把忧伤的剑
剑气如霜
于是大家称它如霜剑

有时候
你的秀发散落在剑鞘上
那是如此让我心动

从此我再也没用剑了
我是这么粗俗
根本不配用剑
不用剑的我仍能独步江湖吗
很多人因为这个疑问
而纷纷赶到白云峰顶
看那场我与太湖老妖的决战

你也来了

平静得如同那把如霜剑
似乎不是来看当世两大高手的决战
而是看两个孩子的游戏
我已经忘了太湖老妖最后是如何死于
我的手下
我的混元功早已不需要刀剑了
我一指如剑
后来人们说我偷学了六脉神剑
他们太笨
能杀人的岂止只有刀剑
还有你的眼神

在我的胜利面前
你不屑一顾
淡淡地扫了我一眼　飘然而去
那一刻注定了我与你一世的纠缠

3
少林寺的正一法师来了
他是我在江湖上少有的两个朋友之一
他来找我只是为了下棋
我们这盘棋已经下了十六年

十六个春去春来
我已不再是意气风发的少年
正一法师倒是更加德高望重
他将那枚白子扣下时
像是随意问了一下
有她的消息吗

正一法师是在问你
我苦笑
我灰白的头发在苦笑
华山红了又灰 灰了又绿 绿了又红的
树叶在苦笑
因为实在是没有你的消息

我每天都走一遍华山
北峰南峰中峰东峰西峰
莲花峰三元洞擦耳崖梅花洞
药王洞五里关五狼谷
下到东山门回到玉泉院
十六年从未间断
总盼望你白色衣袂能在
华山再现

终于我也老了
我也成了江湖中人的笑料
他们称我剑痴
剑，是因为我独步天下的剑术
痴，是因为我十多年的寻找与等待

4
梅花飘散了一地
黄老邪又现江湖
他是太寂寞
他不像我还可以和正一法师下下棋

当世几大高手中

我更喜欢黄老邪
倒不是因为他武功如何
而是他对亡妻的一往情深
多么像我

我知道他已经到了三王母庙
他身上的那股邪气与痴气
我早就闻到了

你当年不该威胁她
你爱她就不要战胜她
你应该永远是她的手下败将
你应该永远对她俯首称臣

黄老邪说这些话时已变幻了身法
使出了落英神剑掌第十七招
我愣在原地没有出招
黄老邪的掌风到我胸口时迅速转变方向
打到旁边的一棵松树上
那棵松树立即枯萎
叶子枯黄而散

是的，我为什么要赢你
我为什么还是使出了那招
我曾答应你绝不使出的
最后一剑

150

5
没有你的江湖如此无趣

我试过离开华山
游走江湖
路见不平拔刀相助
也想有几次邂逅
试着忘记你
用别的女子

在西湖边我见到了玉罗刹
江湖中称"江南第一女侠"
的确很美　很健康的美
我和她交过手
在第二十六招时她认输了
还请我到她的罗刹小筑
几样精致小菜　红袖添香
那一刻我真希望自己从此迷醉
完全忘记你

但是我真的做不到
当玉罗刹褪去披风露出香肩时
我飞身而起
逃离罗刹小筑

我做不到
我真的做不到
逃离中全是你的身影——
当我用最后一剑指向你时
你眼中的绝望
你完全可用剑挡开
我只是使了一成功力

151

我只是想开个玩笑

如霜剑从你身体穿过
我才知道原来
有些玩笑是不能随便开的
我才知道
你如此看重我们之间的约定
我才知道
有时误会就是一种宿命

6
天下无双又如何
我练成了混元功又如何
没有了你
生又如何死又如何
富贵又如何贫贱又如何
与正一法师的那盘棋输赢又如何
黄老邪将我击伤又如何
华山的树多了十六轮又如何
韩愈投书真又如何假又如何
玉泉院的水清又如何浊又如何
我想不清楚
我已在华山坐成了一尊石头
还是本来我就是片树叶
在华山深处飘零
雨打也好风吹也好

我无路可走
我等了十六年

你要么在谷底
要么在天堂
我别无选择
我其实早已心力交瘁
我知道自己再熬不下去了
我正在快速地老去
我只有飞身而下
直奔谷底

7
我从长空栈道上
跃下
山谷里除了杂石乱草
什么也没有
没有传说中的湖、传说中的洞
更没有传说中的意外重逢

没有你的转身回头
没有你的嫣然一笑
没有你向我扑来唤一声我的小名
只有我在乱石中放声长啸

我就是这样一啸白头
并且再也记不起自己是谁
我是欧阳锋还是周伯通
我是黄老邪还是段王爷
我是王重阳还是洪七公
无论我是谁还是谁是我
都有一个你 伤心欲绝

也许在我最后一剑刺向你时

你就已死去

只是我不愿意面对现实

不愿意相信我最爱的人

死在自己的剑下

死在我和你共同创建的剑招之下

死在我们的共同承诺之下：

谁使了这最后一剑

另一个人绝不接招

任他刺下

你没有想到我会使出这最后一剑

你误会了还是我太任性

江湖人人称羡的神仙伴侣从此天各一方

8

我老了

真的老了

十六年的等待如此漫长

华山的风霜刻画了我的苍老

很多东西已经不能重来

我刺向你时如果是另外一招

或者我们不创造最后一剑

不约定

再或者我不故意使出来

再或者你知道我的深情

知道这只不过是一个玩笑

可以重来吗　可以重来吗

华山不语

正一法师陪我下了十六年的棋

只是不想让我走火入魔

从而危害江湖

现在好了

大家都解脱了

我老了

即将油干灯尽

我不能再等下去了

谁也不用再惦记如何战胜我

下一次的华山论剑

江湖人终于少了一个劲敌

从此江湖再无如霜剑

从此江湖再也

不用笑一个人苦苦等待

不用听一个人深深忏悔

江湖安静了

9

华山这洞天福地

有很多奇迹

唯独我没有等来

但是我还是要在这石崖上刻下

我对你的思念

至少要告诉世人

有些传奇是真的

有些情感是真的

是的，很多很多年后

有一个人说过

曾经有一段感情放在面前

不懂得去珍惜

那说的就是我吗

是的，很多很多年前

有一个人将一卷书从华山抛下去

那不是书是我写满的思念

那人其实不是韩愈

而是我

是的，华山上有很多洞穴

那也不是什么神仙留下的

而是我十六年来一个一个凿下的

我只是在寻找你的途中

在这些洞里停歇一下

或者避开不期而至的山雨和行人

我还在华山上种下了

成千上万棵枫树

每到深秋霜浓时节

华山红遍

现在这一切都将离我而去

我老了

我也许不是等了你十六年

也许是三十二年也许是一百六十年

不然我怎么如此苍老

在我要合上双眼永不再醒来时

我要发大愿力

留在你身边
我不管轮回
我只要陪在你左右

漫山遍野的华山红叶
是我用尽所有的力量对你的呼唤
我看得到你的流连
我看得到你的徘徊

几世的破茧成蝶
用排山倒海的思念
打动一次上苍

少年辞

未来

谁会成为这块土地的传奇
在人间传颂
谁会成为一个故事的主角
沧海桑田
风花雪月
又或者感动天地

谁的诗句会雕刻在广场的石头上
被孩子们牢牢记住
成为一首首童谣
在入睡前打动一颗幼小的心

一切如此不可预知
未来如同黑夜难以捉摸
而我只是想与孩子们一起
唱古老而又清新的歌谣
不被人记起
更无所谓遗忘

过往

我们为什么总是被一些事物感动
禁不住流下热泪
内心中一刹那的柔软
让我们走向你吗

161

花瓣吹散

泥土中不曾停止的挣扎

有一刻的停留

不经意间想起的过往

热切又或者冰冷的面容

狰狞的记忆　不堪的语言

一刹那的柔软随风而去

取而代之的时间中你被轻易遗忘

再也没有人记起

那一刻是灵魂吗

是灵魂在那一刻被唤起　又被吹散

安静不了啊

不堪的岁月

不安的过往　蠢蠢欲动

少年

这又将是一个不可预知的旅程

词语和美好的句子在何时抵达

深入到生活的每个细节

安静地聆听

原野深处的轻轻摇曳

二十年前的漫不经心的触动

在二十年后的某个午后萌芽

海洋也好蔚蓝也好
山林的石径依然根深蒂固
一路上我们遗落了什么

忙碌一个下午
讨论虚拟空间亲密接触的可能
咖啡也凉了星巴克的灯光也暗淡了
走出甲级写字楼后
乡下少年的气息迎面扑来

少年行走在落叶缤纷的小道上
午后的阳光伴着知了一直没有停息
四季青树也没有停止过生长
衰老的岁月从来都不属于少年
哦 少年 那是我吗

想念

我总以为这个旅程即将结束
总是想将我认为最好的事物与
我热爱的人们分享
这就是我所有急切的由来

在城市的斑马线上
在高速公路的出口
在火车站 机场 码头
你们看到了我的匆忙吗

163

我留恋美好的景色和所有的时间

沉醉在过去之中

阳光与微风总是能不约而至

半梦半醒之间

乡间的篱笆　田间的小路

亲切熟悉的动物　植物

一一道来

老人们唠叨的故事

稻场上扬起的谷穗

我热爱的人们

是否知道我的想念

天涯

这就是我的天涯

看不到海也看不到彼岸

用尽了全部的气力　抵达

穿越江湖所有的恩怨

杏花春雨中全部的想念

所能抵达的天涯

那一望无际的不是蔚蓝的海水

遥不可及的只是你绝望的笑容

我的天涯　没有刀光剑影

平静一如没有我们的江湖

我看到自己负剑出走
少年的寻找
只是多年后才知道
其实终点就是起点
可是我已回不去了
我的天涯　无路可回
身后才是无尽的海洋
同样没有彼岸

距离

有时候，不，是偶尔，不经意间
我还是会想起你
譬如在下雪天
当雪花覆盖大地　我会想起你
你在雪地上嫣然一笑
譬如在读到的文字中有你的姓或者你的名
碰上两个字中任何一个字　我会想起你
想起我曾轻声呼唤过你
还有　在一驰而过的车流中
我会想起你　如果没有汽车和匆忙的交错
你还在原地等着我
还有　在故乡的山冈上
在大多数宁静的深夜
我会想起你　很容易就想起你

有一段日子我很害怕时间

165

因为时间容易让人遗忘
现在我不再害怕了
因为我知道 有时候，不，是偶尔
不经意间我总会想起你
真的 我感谢
感谢你让我还会想起
感谢让我不经意间想起这些美好的事物
譬如：你

醒来

我只是想慢慢地醒来
安慰一下挣扎的人们
是谁在暗夜将他们呼唤
城市的公交车站上
出租车的尾厢里
夜晚一直纠缠不清

橙黄的街灯 湿漉漉的路面
上一场雨留下的潮湿 不曾褪去
城中村的转角有个声音
还停留在午夜
仍然忙碌的人 零乱的生活
偶尔一阵哭泣 没有回应

在语言的尽头
等待着更漆黑的词

寂寥的楼房　独自神伤
每一处开启的
夜晚　手探寻不到开关
只有让夜晚
继续夜晚　我只是想慢慢地醒来
安慰一下挣扎的人们

怀念

你知道　留下那些纷乱的雨
是困难的　十五岁的少年
多愁善感
你知道　在每一个清晨后面
掷地有声的　是一串一串
没有尽头的雨水

母亲是温暖的　在一场大雨之后
我躲进时间的深处
找一座山峰　回忆
你知道的　慌乱的季节
疯长的荷花
池塘里　无声无息的身影

有一条街道　一直在穿越
飞檐下的雨滴　悬而未决
你知道的　因为我告诉过你
十五岁的少年

167

漫无目的的岁月　在窗外
随风而逝

你知道　田埂上的泥泞
没有人在意
只有我在怀念　二十年后
会有一场怎样的相逢
又或者是告别　母亲啊
你温暖的手
还在乡下 还在雨中
还是在田埂上

容纳

容纳我们的只有土地和雨水
一直都在 飞舞的尘埃
亿万光年的交错
在一个人的手心留下的余温
有些信息从未发出

我们需要在五月的湖面上
稍作停留　安静了的背影
在剧院上空回响　一直不曾逝去
刚刚谢幕的主角　不忍离去
才上演的离别

容纳我们的土地、雨水、青草

在又一轮疯长
我们的信息在每一滴绿色之中
也在每一轮枯谢之中
稍纵即逝的　仍在舞台上流连

忘记了谢幕
但仍然要离去
拒绝重逢
但仍然在下一季相遇
容纳我们的土地、雨水
以及时间啊

少年辞

1
轻轻的也好　冬季也好
二十年了　都可以不计较了
老了的不仅仅是那些熟悉的草木、歌声
一岁一枯荣的　唐诗　宋词
一岁一枯荣的　春光　夏日
我们都已不在后院
我们都已不在山坡
我们都已不在去学校的路上

我们在哪里　我们的岁月在哪里
就这样吗　就这样老去吗

2

一些不知所谓的岁月

一些不知所谓的情感

放逐在二十岁的歌声中

才知道　岁月很残酷

爱也许要用很多很多的时间

才知道 放下与放不下的

都在几千年的风尘中

都在檐下

一个心老了很久很久的

怀中

慢慢老去

3

好久不见

那条绿树成荫的街道同样好久不见

你的发梢清澈的气息同样好久不见

两两相忘于江于湖于飘摇的日子

可以吗　不可以吗

岁月可以稍纵即逝

依稀的白发

湖水依旧迷离

只是少年的你是不是还在

时间的山峰上随风飘扬

好久不见的

匆匆而来匆匆而去

而你呢　能不能说出一棵树的名字

如果怀念是因为老去
那么下一次相见是否需要期待

江湖

这是我的江湖还是你的天下
三少爷的剑一树梨花
雨就下吧
窗台边的海棠夜夜肃杀

是你在峨眉还是我不知归途
书生意气吹皱一湖的思念
我不归去
胡不归的西域茫茫大漠炊烟

江湖很小怎么走得出你的发梢
我奋身一跃没有奇迹
歌最后一程哭最初一次
没有开始的江湖如何结束

你的深刻的仇恨
在天山上在白发女的枕上
看不到的悔看不到的尽头
其实就是我的天涯

日食

看不见的黑绝尘而去
经过的村庄经过的情感
这些流民、草寇、独眼、逃犯
莽莽苍苍没有尽头的占有与失去
最后一个对手
也许是你也许是不舍

谁也看不到的呵护
只看到你挡住的光芒
钻石环刺目的美令人心颤
力无用剑无用功无用法无用
江湖江湖
只有人声鼎沸

有一刻我想孤身上路　单剑走天涯
但没有了你的指引
我迷失在简单的丛林之中
夜短得可怕而白昼也无影无踪
天地动容的刀光剑影
在一阵清风中飘散

你的衣袂
在没有白昼的江湖
迅速传说
传说黑与白的爱恨情仇
传说没有了江湖的水面
波澜不惊　平安无事

咸宁·温泉

过去很多年了
咸宁的温泉仍然温暖
照片上的人已散落各地
竹海的身影依旧翠绿

在我的家乡
也有温泉
同样仍然温暖着我内心某些角落
家乡的温泉和咸宁的温泉
是不是有某种隐秘的联系
我不知道
我只知道有一些温暖
将一直陪伴着我

过去很多年了
咸宁的温泉依然温热
淋在身上
像很多年前一样
从没有改变

北京·初雪

2009 年 11 月 1 日
推开洲际酒店的窗户
北京在晨雾中

再过一会儿
就有雪花飘下
这是今年北京第一场雪
应该是的
挥挥洒洒

吃完早餐
回到房间
雪已经下得颇具规模
已经有点银装素裹的意思了
外面很冷
房间里也不见得有多温暖

如同不经意的相遇
有没有感激
有没有回忆
都是很久以后的事了
北京的这一场雪会不会影响航班
有多少会面被打扰
被一场雪改变的
还有很多　又或者
都微不足道

三亚

这是三亚的早晨
一切如此不真实

亚龙湾还在沉睡

海面纹丝不动

去年夏日的暴雨

消逝得无影无踪

人迹罕至的情感也不在沙滩上

如果有风

或者一定有风

仍然改变不了海水中

关于一艘帆船与过往的想念

诗句

你知道的

这样的时候容易想起你

空洞的房间和璀璨的深夜

你还知道

我有一些习惯在某个季节

从头再来

颜色是深刻的

少年的山峰依然安静

你来与不来

对于二十年后　微不足道

你肯定知道

有一些细节被掩埋在落叶之下

少年的诗句　从未被吟唱

所以一切经历过的
又好像什么也没有发生
多么了无痕迹的
时间

献诗

这是怎样的一个夜晚
又将是怎样的一个清晨
可以肯定
阳光会照射进来
温暖我们未知的岁月

这是您的光芒
又或者是您的荣耀
无论黯淡与伤痛
终将因您而远离

我尝试着聆听您
那天籁般的声音
是您在启迪
善良的人们啊
内心强大
从明天起做一个快乐的人

这样
——十行诗之一

这样好不好
用一些夏天的气息去回忆
譬如艳阳
譬如知了
譬如惶惶不安的日子

从何时开始　然后结束
你肯定在
在一间房子的背后
在岁月的反面
偷笑

过程
——十行诗之二

我知道匆忙
我知道道别
我还知道不能重来
但依然错过

不怪时间
不怪地点
不怪人物
不怪结果

只是过程
我也一无所知

再见
——十行诗之三

千万不要说再见
人生也许根本不会重逢
过去了的只是在梦中
未来呢？
也许还是在梦中

可能醒来
可能醒不来
重要吗？不重要吗？
翻一下身再睡去
或者 再醒来

也许
——十行诗之四

也许是今天
也许是明天
也许已经过去
也许还没有开始

也许是一次擦肩过去
也许是千年等待
也许我背叛自己
也许自己背叛我
也许在高原
也许跌落人世

伤害
——十行诗之五

关于伤害你一无所知
在某处阴暗地等待
但你一无所知

一块窨井盖
一片泥塘
一份不值一提的爱情

而关于伤害我们一无所知
甚至不知道从何谈起
于是遗忘吧
丢在风中　不着痕迹

天亮
——十行诗之六

有些时候我们追究意义
追究质量追究尊严
有些时候我想还是
安静下来
有些时候我看不到你
同理：你看不到我
有些时候我知道永世不再
有些时候我波澜不惊
有些时候你知道吗
我醒着梦到了无数个天亮

宝贝
——十行诗之七

宝贝，好好睡吧
你甜美的睡姿让我看到
一个崭新的世界
那是鲜花
那是彩虹
那是草菁菁的原野
那是小动物出没的森林
宝贝，放心吧
没有伤害没有失落
只有明天！灿烂的明天！

野柳
——《台湾十一章》之一

一个充满野趣的名字
包裹着怎样的秘密
寻找一个通道
前往 2000 万年前
一位女王　一位公主
一个烛台　一头大象
一个脚印　一片海洋

应该是神降临
时间从另一个方向开始
在台北不远处
安静也是一种态度
海水蜂拥而至时
不知名的台风过去
留不下一丝丝温热

裸露的已然改变
海洋最深处的一次邂逅
被出卖
被晾干在某个海湾
从此野柳
为人所知
从此你呢
悄无声息

台北

——《台湾十一章》之二

这就是台北

远离地震

不断被祝福

吵吵闹闹的人群四散

夜晚没有一点星光

古旧的青苔起于

五月的正午

需要背叛的是你内心中的

一刹那

光辉或者幻灭

台北是属于哲学的

形而上的街道

飘扬的承诺

七里香在广场一角偶遇

于是许多关于青春的

台北

再一次　一夜无眠

再响亮或沉闷的轰鸣也唤不起的

台北　在转角处

播放

下一次的

相遇

再下一次的

偶遇

日月潭
——《台湾十一章》之三

迷雾中日月潭舒展着
青春历历在目
潭水清澈 又或者在伪装
哽结在喉的不只是一句话
两句话 三句话
也许是行色匆匆的路人
一错再错

用一道大坝筑起
用天地命名
都不重要
因为你不在
潭水深至二十七米
仍然无法穿越的青春
迷雾中 一锁再锁
注定了解不开
理什么理
乱就乱吧

就舒展开吧
忘记也许最重要
不重要吗？

阿里山
——《台湾十一章》之四

二十五年前绝没有想到此刻的相逢
所以人生是不可预期的
那么我与你下一次的重逢
是隐藏在清晨的露水中
还是在某个夕阳里的笑靥

一首歌有多么大的力量
同样是不可预期
二十五年后阿里山的姑娘
依然婀娜　依然朴实
还是依然多情
这些对于一个十三岁的少年
是一个永远也解不了的方程式

只知道最后注定了
肯定有两个少年
一个女孩一个男孩
一个在阿里山
一个在大别山
也许是同时抬起头来
看天空中的飘动的云彩
想山外边　海对岸
甚至二十五年后的种种
其实没有一样如那一刻所想
但这重要吗

当我站在阿里山

树林深处跑动着一个小女孩

也许那就是你

那么我们不是又再一次相逢了吗

高雄港
——《台湾十一章》之五

静谧 这个词在二十年后

再一次进入我的诗中

我承认语言是浅薄的

无法深入人类的情感

哪怕只是万一

今夜的高雄港

真的静谧得如同记忆

闪烁的灯光也无言

错落的情感漂浮在海港的角落

被浪收集

未来也同样不可预期

我曾经说过

那么 高雄港

枕着你沉睡时

你可听得到

185

我下一次赴约的脚步

对 一个中年人
赴约的脚步
朝着
高雄港
如此静谧的港口

垦丁
——《台湾十一章》之六

曾经荒无人烟
如今熙熙攘攘
所谓世事难料
大抵莫过如此

再前进一步就是太平洋
再后退一步就是巴士海峡
纠结的石头和
纠结的植物
纠结在沙滩上 岩石边

恒春就在不远处
唐山谣还有谁在唱
十五岁的少年
我哼唱的时候远在过去之前
总之一切难料

各种形象的岩石 孤岛

多么热闹又如何

我总是听见

有哭泣从海角传来

台东表叔
——《台湾十一章》之七

上世纪八十年代末

在许多人以有个台湾亲戚为荣的时候

我也有个表叔来自台湾，

具体地说来自台湾台东

所以那时我不知道高雄而知道台东

今天我来了

想要叩访一下台东表叔的门扉

可是父亲已记不清他的电话和地址

我也只有在台东一家酒店里写下一首诗

纪念这位表叔

表叔此刻应该也在台东

只是他肯定不知道在同一个城市

有一个小辈在用一种莫名其妙的方式叩访他

他是不是也会有一刹那

想想远在大别山腹地的这些亲戚

但他怎么也没想到

他的一位大别山侄儿

在台东惦记了他一夜

如此而已

花莲
——《台湾十一章》之八

花的名字
莲的心事
于是花莲

在旅途行将结束的时间
花莲横亘在终点之前
告诉你一场雨 始料未及
告诉你一个故事 从没有定论

只知道在三仙台
有一片温热的石子
一直期待温暖一个结局
温暖一个刚刚开始的结局

峡谷
——《台湾十一章》之九

赶在雾散之前
与你相遇
当两座山冰冷地靠拢时
我听得到你轻声的吟唱

岩石只是剪影
只能在一边守候

也许两亿年前就注定了

我只有深深伤害你之后

才能学会如何爱上一件事物

那么我在燕子口停留吧

纷飞的燕子可有关于你的消息

林立的岩石无语

一如几万年后

你依然无语

好像无所谓爱

好像无所谓伤害

一如尘埃或者雨雾

飘荡在峡谷之中

可有可无

又见台北故宫
——《台湾十一章》之十

那些流离失所的瓶子

那颗著名的白菜

以及那块同样著名的肉石

再一次在台北相见

诚品书店已经遍布全台湾

而台北故宫依旧在

一两个人的心中

也许放下就可以解脱
往生咒也没有用
有些事不只是一辈子的事情

有一尊鼎依稀也在
文徵明八十七岁书就的《赤壁赋》
没有一点三国的硝烟

即使在清明时节
上河图也无法重现
离别时的割舍与不忍

再见台北
——《台湾十一章》之十一

我更喜欢鲜花盛开的五月的台北
我更喜欢安静与万物共长的台北
我更喜欢此刻的台北
四周的窗灯昏黄
路上一阵阵的树香
如同在故乡的山冈上
如同在少年时对一个城市的向往

台北也会远去
海对面的想念和少年
最终相遇在某个港口
或者某个山头

再见台北
回不去的时间与
来不及的守候 擦肩而过
道路旁盛放的情感
被深深怀念

写诗

我要写诗 正如
我要写下冬天如何变成春天
幸福的人们如何开始微笑

我要写诗 正如
我要记住一些人的生日
还有那么多温暖的名字

我要写诗 正如
我要学会等待燕子飞回
带来的岁月依然一无所知

我要写诗 正如
我在一张纸上划下的痕迹
不知不觉的时间啊 了无踪迹

慢慢

我会慢慢写下去的
不像少年时的急不可待
而像流水经过童年
故乡依旧在

我会慢慢写下去的
我们经过的道路以及山峰
阳光洒下的余晖
次第亮起的灯盏

你慢慢看吧
在所有的清晨与黄昏
有些文字一发不可收拾
你看到了吗？
我慢慢地行走与书写
还来得及赶上
你的谢幕？

河流

有两条河流经过这里
一条来自高山　一条来自内心
我是这片领地的守护者
一会儿仰望高山　一会儿检视内心

有些时候难免蠢蠢欲动
高山告诉内心 出走吧
把河流还给河流

我还是留下来
所有的河流都奔向了远方
高山还在
内心还在
我守护的领地却已不在

向日葵

有些梦不可解
在青草中找寻不到一点线索
兄弟四散
有人迷失在路上
无人指引

再相见也许从此无期
灿烂的向日葵
属于谁
属于某个午后
草丛中扑闪的蜻蜓吗

蓝草莓

当蓝草莓无所适从时
一阵风从某个山头策划
一场风暴不期而至
试图解读
都是枉然

春天来了吗
母亲的问候早已停在
冬日的阳光之上
问候是必要的
蓝草莓吹散在山冈之外

午夜

1
午夜将至
你还不来
蓝色保时捷风驰而去
上面的女子依稀可见

这杯酒可以不干
这杯情谊你也可以不认
但关于那夜的迷离
你不能不认

午夜的凶铃响了
你注定不来
我把手机抛向狂舞的人群
人们争相扑向
曾经的纯真

2
下一站不是天后
是武汉天地
是花园道
是夜晚
是霓虹

看到你如何展翅待飞
准备
奔向幸福还是奔向更夜的夜晚
我站在原地
一站千年
我看到你亭亭玉立
一弯浅笑犹如
那夜的月光

3
算了吧
有个声音告诉我
纯真不属于这个夜晚
不断地重新开始
就是不断的纯真

雨落下来淋湿了城市
就在千年之后
这一夜又如何
沉醉就沉醉吧
不归就不归了

如何夜晚
如何收留
如何的城市

告别

春天还没有完全进来
你撕心裂肺的呼叫依然在千里之外
内心中仅剩的一丝悲凉
穿过南中国海
朝着无法注定的彼岸前行

好在春天终究会完全进来
盛放的木棉花开在那里
是告诉你仅仅是告诉你
你来过　哪怕是
呼啸而过

这个春天有许多不安
如此惶惑的春天如何向夏天交代
就像是少年

在故乡的山冈上遥望中的海洋
触手可及 并且
遥不可及

我说过春天会来的
也许还没有来得及到来
就已经离开的 春天
终究会来

云不断在堆砌
堆叠出少年的种种模样
午后醒来的青春
还来得及告别
是的 向春天告别
向翻浪的云蔚蓝的海 告别

愿

积一世的愿
怀念一刹那的芳华
叩下过去
只为你最好的每一天

晨钟暮鼓中
我写下一生的念
静默中飘逸而过的
怀念与祝福
一直随烟飘向

无数的夜晚

我将一直都在
为你们祝福

烟花

有些烟花一直都在
而大多的疼痛都在上个冬天掩埋
看得到的执着
没有在凌晨醒来
醒着的梦依然漂浮

祝福

在这个崭新的春天
用全部的念力
祝福每一朵花开放
百合在凌晨醒来
带着关于春天所有的消息
静待在某个夏日猎猎绽放
白色的飞鸟划过牧场的上空
无所不在的音乐中
看得见那片岁月的原野葱翠依旧
让我们开启每一条道路

让百合盛放、飞鸟翱翔
让所有人都看到这个崭新的春天

外公
——《清明怀人》之一

外公，在这样寂静的夜晚
我如何呼唤您
虽然您宽容了一切的慈祥一直都在
离去的日子依稀可见
苦难是否是一种必须
在最近的春天
铺天盖地的飞絮
叩打一扇扇的窗棂
我必须低下头来
接受您从未离开的祝福
温暖了我全部岁月的
祝福

曾卓先生
——《清明怀人》之二

您不只是悬崖边的一棵树
您是栖息所有飞鸟与诗歌的森林
您吟唱的老水手的歌

一直盘旋在难舍的江城
一如这座城市消瘦而又豁达的良知
从未离去

没有您不能坐的火车
也没有您不能抵达的彼岸
在爱人的琴声中
关于您与爱的诗句早已沉沉入睡
再未醒来……

孟然
——《清明怀人》之三

有些烟花一直都在
而大多的疼痛都在上个冬天掩埋
留下的云彩与霓虹
也都记不清你留给这个世界的美丽
而醒着的梦却依然清晰
远去的灯火
远去的烟花
还有关于你的歌谣
也都随风四散
这是关于你的江水
还是关于谁的城市
都不重要
重要的是独醉江湖时
还能记住你的容颜

荣全大哥
——《清明怀人》之四

故乡温润的泥土
依然埋葬不了我们的心疼
兄弟，多少个深夜
都梦到你仍旧守候着这片土地
雨水也一直诉说着你的不舍
从重阳落到了清明
泪水模糊中你留下的
热爱与坚持却日渐清晰
于是我们深信
你其实一直都在
兄弟，我既然信了有来生
来生我就一定还要和你做兄弟

因为·所以

1
因为在桥上
我的思念被这场不约而至的雨打湿
滴落在江面上
我想，总有那么一天
你在海边
会遇上这滴久违的雨水
不，其实早已不是一滴
这迎面而来的海水

都盛着雨水化成的思念

而且再难退却

而且一直都在诉说

一直都在诉说

一定要记住，爱

就像那湾海那夕阳那微风记住了一切……

2

因为某个秋天

因为某个夜晚

因为某种感动

因为一声呼唤

因为一声呢喃

因为似曾相识的声音

因为时间

因为明天

因为一句语言成为诗

告别的双手挥不去

一如清晨挥不去梦的向往

3

因为午后奔跑的青春

我记住了执着

因为山上猎猎盛放的杜鹃

我记住了热爱

因为一次哽咽的问候

我记住了真诚

因为港口长久的守候

我记住了无悔

因为爱
我记住了爱

忘记

因为冬天的缘故
背叛成为一种习惯
城市的霓虹终将弃我而去
始料不及的告别
在街头伫立
漠视的街灯依次熄灭
过去依稀可见
从此如何是不可解的
可以确定的是
我们终将老去
忘记所有的背弃
就像冬天忘记一片雪花
或许吧，老了的一天正是冬天
一个很平常的冬天
看着雪花飘下无动于衷的冬天

边城

今天手机是可耻的
今天喧闹是可耻的

203

今天只剩下月光
今天只剩下边城的诗歌
从几世纪前传唱至今
葡萄美酒夜光杯可以留下
等酒过十六巡后再听我说说
关于黑眼睛少女们
关于我和兄弟们
在几世纪前就已丢失的
关于月光
关于边城的传奇

琴声

我发现我是透明的
马是透明的
我的爱
我的奔波是透明的
漫山遍野的琴声也是透明的

草原

为什么草原都是悲怆的歌
因为我的姑娘已离我远去

潮汐

远去的是海
是曾经触手可及的情感
绝望的花朵四处蔓延
再也寻不到一条
清晰的道路

原谅还是拒绝
都是必要的妥协
就像礁石拒绝昨天的潮汐
虽然已经过去
还是留下一点点仅剩的温暖
尖锐而又清晰

菩提树

我在菩提树下
坐成一块石头
用于怀念
过去的一生
或者想象
要来的一生

赞美

我要把春天的第一首诗
送给你
把怀念、生长、赞美写成一首诗
送给你
阳光正好
虽然时间从没有为什么
停留过
但是我还是要在
最早的春日
把第一首诗送给你
虽然我可能不会再写第二首
关于春天的诗

结局

以为一切戛然而止
却有如此冗长的结局

在这个冬天
第一场雪到来之前
说再见吗
曾经握不住的过往
清晰可见

刚好赶上立春之前

谁也不记得的
落叶满地
是哪一片落叶
发起的想念
潮般涌来

夏日的海水
漫过的天际
一望无垠

从此
明白了
所谓天涯
只不过是
想起你的
那一刹那

列车

这东去的列车上
乡村转瞬即逝
外出收割的父亲还来不及告别
高速飞奔吧
看得见城市了
隐隐约约
又有些隐隐作痛
一闪而过的丛林

无法端详的远山
穿越隧道后
看见儿时的我
奔跑在列车之后
欢叫着
一点心事也没有地欢叫着

老了

当我老了
只记得你年轻时的容颜
可能也会想起你当时的离开
疼痛早已没有了
还会欣慰地笑笑：
你离去后的种种都与我无关
多么轻松
多么的事不关己

祖国

我不知道我的祖国有多么大
我无法到达每一块土地
甚至每一座城市
所以
我的家乡就是我的祖国

给过我温暖的城市就是我的祖国

给过我感动的山川河流就是我的祖国

我深爱我的家乡

我深爱所有给过我温暖的城市

我深爱让我心动的山川河流

所以

我也如此深爱我的祖国

所以

我总是在每个节日

每次欢聚时

祝福我的祖国

一如祝福我们的家乡

那么地真诚

那么地发自肺腑

不容置疑

时间

与过去永不相欠

与未来相遇

过去

好吧，就写写那些不可名状的

恐慌

春天离开时
开始的恐慌

城市的霓虹渐次暗淡
关于你
关于雷雨
还有飘散的
不，是四散的落叶
都无从寻觅

好吧，就写写这些
写写这些
一闪而过的
过去

坦白

从一个梦中潜入
过去的种种
皆不可测
深不可测

你的踪影呢
一定不在这样的过去里
那么，如何去找你
仅仅依靠一株百合的气息
是不够的

于是，我推开你的双手
坦白

开始

时间侧身而过
来不及探听
我们的消息
既然如此
那么还是让我们从乡村
开始吧
从草长莺飞的地方开始吧
虽然，苟且的文字已然不适合这里

好望角

再远的航行
终究需要一个彼岸
用于停靠
用于补给
以免干瘦的情感
逃离

好望角的石头
开出的花是白色的

还是透明的
尚不可解
唯有某个梦的声音
还在滴落
一滴一滴
一如时间的影子

白色的纪念碑是可以肯定的
却又无人问津
哪怕淡水近在咫尺
上岸的人们
视若无睹
只顾着朝非洲大陆
狂奔而去……

直至——
好望角
再也望不见了

南非·蚂蚁

植物不求甚解
动物寥寥无几
唯有蚂蚁在用心编织
自己的宫殿 四季如春
那么地自以为是
那么地无所顾忌

世界

关于世界我所知甚少
隐秘的过往
在时间谢幕后上场
要么记住真实的存在
要么不留下任何痕迹
根本不存在遗忘
因为关于世界
我所知甚少

祭奠

后来的祭奠如此潦草
你是无法想象的
和你埋在一起的努力与挣扎
也没有想到

既然祭奠如此潦草
你就把面前的那些野花
经过的风
清晨的露水
当作是你还未曾忘怀的人
对你的祭奠吧
虽然他们早已不知所踪

213

聊聊

我只是想和你聊聊孩子
聊聊雪融化后原野的样子

我们还可以聊聊
我们还是孩子的时候
聊聊那次不顾一切的奔跑

我们甚至还可以直接和
孩子聊聊
聊聊他们的某次奇遇

我只想聊聊这些
因为其他的我什么也不愿意聊了

雪花

每朵雪花都应该抚摸
雪有时候是柔软的
雪有时候坚硬如铁
雪是如此善解人意

雪花也是不能等待的
趁它远行前
好好抚摸
因为我们无从知道
它的归期

宝石

宝石是不需要安慰的
寒冬渐远
凌乱的枝叶深入泥土之中
依然湿冷的念头
被临近的某个已渐渐平息的灵魂
侵扰

后来成为岩石
坚硬的骨头都消失无踪
干燥得就如初秋的平原
辽阔而又无所作为

最后是仅剩的一点点气息
渗进了岩石的心中
刚好有一滴海水经过
把彻底安静的潮汐
和时明时暗的月光
也留下来
在泥土之中
岩层之中
把一个灵魂
变硬
变得虚无
变得不需要安慰

石头

石头有时候是温柔的
因为什么而温柔
我们无从了解
也许它想起了往事
也许它其实知道
我们的某些努力终将
徒劳无功
也许
石头只是对着春风
笑了一下

城市

关于城市我所知甚少
隐秘的过往
在城市的巷道中跌跌撞撞
高架桥与地铁口
一场盛大的秀
有如漫天的大雪降临
毫无生气
与过去毫无关系

是谁的城市不重要
如同世代相传的文物
温度还在

216

但抚摸它的人 已不可寻
你来过就行
是街角还是巷尾
是一次转机 还是一次小住
都不重要

更加隐秘的关联
在一次次擦肩而过中
在一次次宿醉中
遗忘得一干二净
像这个城市去年的雪花
像那场盛大的秀
烟花 霓虹 红唇 美酒……
一片一片地融化
不知所踪 并且不可以重来

温暖

那么多的时间
那么多的岁月
那声蝉鸣
那片山林
那片雪花
那片海
都在

某个冬天

某个少年

某次潮汐

某个街头

某次相聚

某次告别

都是

那么

温暖

就让我们说些热爱

说些感动

说些词语

用于温暖

那只还在少年鸣叫的蝉

那片还没有飘下的雪花

那片月光下的海

明天的诗篇

春天

我在这个春天　低下头来
寻找青草的气息　以及母亲的身影
在一列列开往无法预知前程的列车上
逝去的岁月　如潮水般涌来

我不能停留
关于春天我还知道得太少
发芽的花朵　含苞的雨水
雷鸣中灿烂的舞蹈

我来到故乡的上空
我的年迈的父亲正在劳作
而更多的年轻的兄弟姐妹　不知去向
金黄的油菜花　漫山遍野

还是在这个春天　我深入到泥土之中
我想翻动故乡的泥土
这气息如此陌生
生长的气息　如此陌生

食物

谁也不认识这些东西
但要愉快地吃下
我们是如此茫然

在如此广袤的原野上 春天的原野上
找寻不到我们熟悉的食物

牛们、猪们、鸡们、鱼们，还有稻谷们
还有我们 在一场场暴雨中
曾经彼此相依 曾经不顾一切
可是现在 谁也不认识谁
但要愉快地吃下
各种方式各种颜色各种味道

我们以为一切都已成熟
其实在原野上 我们迷失了很多次
我们的饥饿被我们的欲望掩盖
总有一天 也许就在明天
无法掩盖的 会离我们而去的
是我们曾经如此熟悉的

夏天

1

这就是夏天 我们如此浮躁不安
我在人群中吮吸着阳光的气息
不安的气息

太阳的照射 虫草的鸣叫
我不知道少年的我是否还在等待
关于二十岁的约定

在各个村庄　在各个城池
没落的情感　没有你的演出
我是如此慌张

2
这就是夏天　柏油路上的奔跑
找寻不到树荫的父亲
还有我们　永世不再的成长

夜里的星辰　花果的飘香
少年的我已经离开
我的奔跑毫无意义

在许多季节　在许多岁月
都无法记起　关于你的种种
我已无法停留

遗忘

不需要学习　似乎是与生俱来
我们都轻易地遗忘
季节轮替中的承诺
某个日子潮湿的窗口
还有你的笑容　还有你不曾停歇的泪水

我们需要你　遗忘
所以我们简单的快乐

是某次航班上　还是某一酒吧的某个角落
你走向我　还是另一个人走向你
用一杯酒拥抱　然后遗忘
如此顺理成章
偷窥的眼神在一堆发霉的照片里
紧张地张望

就是如此　我们还是遗忘
多么好　握一握手
再一次询问关于过去的种种

秋天

田野开始荒芜　疲劳不请自来
就这样沉沉睡去　又无法收获
许多春天的种子　夏天的花
无声无息　我还等待着什么

没有人愿意留下来
城市欲望的街灯　美丽的少女
汽车的尾气　我们如此陌生

田野上也会开出许多小花
在秋天里格外珍贵
美丽的少女们不知道
许多花也会在秋天的田野开放

无法睡去 林立的高楼
逼仄的空间 不能呼吸的歌声
情感的记忆板上 我们依然洁白

语言

有些话很简单
但还是说不出口
站在你的面前 不是羞涩
仍然说不出口

我们已经不能完整地表达
大多数事物在融合之后更加强大
唯独你不是如此

你在远方
在明天的一些遥远中
嘲笑我们
就这么简单

我抓不住你
虽然你无处不在
我们需要你
但你正与我们一一道别

明天，还是明天
已经不能简单地表达
唯独你被我们在秋天遗忘

冬天

大地龟裂　你隐身其中
你等待又一次复苏　你还不知道
也许再也没有轮回　只有
无尽的黑夜

苍茫的大地　白桦树把思想
停放在一次不经意经过的北风中
关于明天的向往　诗人的歌吟
在龟裂的大地上　你孤独前行

那些黑色的雪　灰色的思念
都停靠在最后几天的时针上
等待钟声　再一次响起
那已经是奢望　你并不知道

无语的季节　远处的轰鸣
残垣断壁　废墟上红色的记忆
在一个个冬天　无尽的冬天
黑夜里没有任何声息

老去

父亲似乎在一夜间老去
我熟悉的许多人都在老去
在时间、空间之外

有没有另一种方式度量我们的过去

老去就老去
从容的人们看着成长的少年
但是人们忘记了
我们给了孩子们生命
却不能同时给一个可以期待的未来

人类就是这样无能为力
就这样无能为力地老去
让不可收拾的老去
陪伴我们　走进明天

城市

房价为什么这么高
汽车为什么这么多
隔壁的两条狗结伴逃走了
其实主人对它们很好

每天有许多报纸
电视有许多频道
KTV 的小姐是位老乡
沿江的那栋楼终于完工了
在 88 层的高度上仍看不到乡村

忘记了时间

忘记了地点

9 路车站依然记忆深刻

步行街上熙熙攘攘的俊男靓女

并不知道明天是否还相聚

很久没有回乡下看看

很久没有与你联络

二十四史里关于这个城市的记载

没有一个平凡人的名字

所以我们只有在酒吧里醉倒

天空中没有云彩

夜晚也没有星星

二十岁前的记忆不属于这里

在霓虹灯突然闪亮之前

我找不到刚才的自己

打工

来一碗盒饭

一元的就行

老乡们还很照顾

十几个人挤一个房间　热闹

有活干　工钱能兑现比什么都好

工头也是老乡

人有点凶　但其实很好说话

上个星期我重感冒 三天不能干活
他只扣了我工钱 没赶我走

一天也就干十来个小时
站在塔吊上不怕
看到下面来来往往的车 挺有意思
安全设施？有时有
管不了那么多
关键是 有活干 工钱能兑现

晚上有时看看电视
电视机是城里人丢弃的老东西
有几个年轻的老乡还会打打牌
实在是累 所以一般都睡得早
房间里尽是汗臭 脚臭 很潮湿

我不能在城里乱花钱
盒饭只能吃一元的
家里还有两个孩子
老婆带着
孩子要读书 要穿衣
所以有活干 工钱能兑现
我就很知足了

看着城里的孩子过得那么好
我就很想我的孩子
他们跟着我吃苦了
他们没投好胎 没有生在城里
所以一定要让他们读书

读书才有出息
所以有活干 工钱能兑现
我真的就很知足了

休息

停下来 休息休息
请人喝酒不如请人吃饭
钱赚不完

新华路口有个报摊
摊主很悠闲地看着来往的行人和车辆
在商场的侧门有个卖烤红薯的
笑得很灿烂

你怎么就是停不下来
生不带来死不带去
忙什么忙
不做点事对不起自己
做成了事对不起别人
有人惦记你

工地到处都有
最快乐的人在流汗
但他们多么快乐

你的时间以分秒安排

没有周末
事情一拨接着一拨
许多美丽的事物　正在盛开的花朵
与你无关

受伤

谁来安慰你
你已经不是孩子了
找个角落
天桥下或者烂尾楼里
舔一舔自己的伤口吧

繁华与你无关
过往的豪华车　美妙的女子
城里人幸福的生活
与你没有什么关系

你很想回家里看看
田头上忙碌的老婆
在乡村小学读书的孩子
还有一辈子没进过城的爹娘
但车票太贵
在这个夜晚你只有静静地想念

你记起来还没吃饭
闻不见田野的炊烟

你总是忘记吃饭
也许是你想省下这顿饭
省下钱可以给孩子买个作业本

和解

你是卑微的
你是高贵的
其实都不重要
重要的是我们都在这个屋檐下

雨水很公平
阳光很公平
我们能好好地活着
就应该感激

时间是残酷的
岁月是残酷的
大家都会老去
还在意那么多有什么意义

古今多少事都付笑谈中
成王败寇 又如何
秦时明月 汉时的关
因为有了你我他
因为有了不同的人生
世界才如此精彩

富，从来不过三代 你不要张狂
穷，也会通过努力改变 你没必要埋怨
因为未来有无限可能
不可预知
人生旅程才如此迷人

和解吧
兄弟

坐化

注定是无法逃避
学习用世故练达的语言
诠释关于幸福的细节

没有人敢肯定
出走了若干千年的佛
是否已坐化
带引我们的过去 过去的我们
朝我们走来

几乎就在眼前
几乎已触手可及
几乎就在明天
可又从未来过

无法解释的
只是关于生存的借口

出走

我不希望如此空洞
让思想的外衣四处招摇
我宁愿如同白夜的某个星空
星空的某个角落
角落里某种寂寞
静静地看着
你的出走

没有云彩
也没有告别
在时空的另一个季节中
寒冷着各种情感

我已看不到你的身影
风尘仆仆中你可否回首
可否看到某个星空某个角落中
我的出走

童年的鸟

尘土

我开始收集洁净的语言
和来自冬天的尘土
  有无数纷飞的鸟
  像一座城市一样
  向我们迎面扑来
你是否依旧为我们守候
为我们记取尘土中每一颗血腥
  有无边的夜晚
  在向黑色承诺
  你我都无处可遁

萤火还在歌唱
请拾起洁净的诗句
  拥抱
  或者
  入睡

气息

也许有一种水
  能抵挡门栅的尖叫
  无论是街道
  还是人类
  有一种水
  充满情谊

披风里的老人
　　还在哭泣吗
　　披风里的气息
　　冷静的气息
　　孤独的气息
　　冰清玉洁

门栅外是否有一种水
　　被你掩埋
　　深秋
　　或者
　　入冬之后
　　冰凉后的气息

衣裳

他们依旧在对着江水诉说吗
你也依旧在对着他们诉说吗
　　从此没有了
　　永久的承诺
　　只有江水在诉说我们

蓝色是宁静的衣裳
紫色是宁静的衣裳
　　从此有了
　　无法开启的誓言
　　没有衣裳的夜晚

我很安静

你也很安静

    我们的江水不再诉说

    无法开启的没有衣裳的

    夜晚的誓言

流失

从你发现一片树叶开始

    一把钥匙

    用温热的土壤取暖

    并学习歌唱

爱情是孤独的

    一个人发现一片树叶

    一把钥匙

    并学习用树叶流浪

泥土属于我们

    冬天来临之前

    一片树叶　钥匙

    属于我们

自从我们发现树叶在流浪

    田野的孤独

    平凡的孤独

    被流失

村庄

故事被童话利用
乡村的碎片四处飞扬
在植物与时间之间

农作物停留在夏天的某一个
清晨

层叠的眼睛
用来温暖爱情的山林
在黑色与静谧的背后

牛群被村庄放逐
最勇敢的　最浪荡的
都在前列

村庄在某一个清晨
　　　或者夏天
　　　平安死去

看见

看见我走在田埂上
蓬乱的枝叶
仍在呼唤

看见父亲
正用歌谣
敲打炊烟

看见我的幼小
看见我的纯朴
看见我的零乱的炊烟

很亲切
看见我的炊烟里的父亲
很亲切

疼痛

疼痛是没有完结的故事
你最后的心香
　　　流传在我们的乡村
　　　　乡村上每一朵云彩
　　　　　号叫的云彩

我把手探进你的道路
风衣联袂而舞
　　　飞扬在前方的山野
　　　　山野后每一座山峰
　　　　　疼痛的山峰

美丽都远去

留下的疼痛
　　　在每个九月

归家

你们都是要回家的孩子吗
请等我点亮这一路的星光
让父亲有守候的心情
让母亲做好晚餐
我们
我们一起回家吧

这里尘嚣满布
没有洁净的水
没有飘逸的风
只有　只有等待归家的孩子

你们都是要回家的孩子吗
请等我点亮一路的星光
让父母都站在山坡
收拾一路的疲惫
然后回家
　　　回家

失去

那是一把泥沙
　　　被乡村散失
那是一把乡音
　　　被我们遗忘

那是母亲的双手
　　　我们正在失去

那一把散失的泥土
　　　可曾融入一条河流
　　　走进薄暮的城
　　　而那一把乡音
　　　　　可曾好好收藏

母亲的双手
　　　正在失去

挽歌

没有了
彩色的云　彩色的雨　彩色的风
也没有了
金黄　金黄的麦粒

没有了

243

那条通往森林的道路
也没有了
姐姐们灿烂的歌唱

我的漫步停驻在冷漠的城市里
我的乡村的行走
没有了

纯白的诗歌在最后响起
像一首安息曲　响起
我们的逃遁
正朝着我们的童年

面对货币

我和许多朋友坐在
农村与城市之间
将货币切割
然后重新组合
组合成一张张灿烂可爱的脸

我们都知道
货币很古老
曾经与我们的祖先在一起
共患难与富贵
现在祖先们睡过去了
留下孤独的　孤独的

金色的　金色的
铜质货币

货币看着我们出生
丫丫学步　一点一点长大
货币时时亲吻着我们的未来
我们铜质的　未来
和金色的　黄色的　银色的
现在

很久以前货币是物质的
我和朋友们把玩着这古老的玩意
我们一起无奈地成长
货币成为精神的
连接着许多人冷冷热热的情感
贫穷时货币远离我们
富贵时货币亲近我们
我们讨厌这势利的家伙
又不得不讨好它

在城市与农村之间
我的父老们种植着麦子
我热切地守望着
暂时不去面对货币

金属的声音

让那些富有密度和质量的事物
尽情撞击吧
我们在看台上
分析这些金属的生长
生活的果汁从中喷射
用一种只有金属才会发出的
声音　丰富我们贫瘠的乡土

我们透过这些金属
探望外面的世界
有很多生存和壮大的方式
不能看见只是我们自己
所以　我们无法看透自己
更无法看透这些金属
及　声音

父亲也有一种声音
我们无法感觉
只有紧紧掬住乡土金黄的
感情　乡土博大辽远的感情
或许并不来自这种感情
但我们别无选择

花朵

你见过乡间黑色的花朵吗
那些黑色的花朵
无比妖艳
像回荡在山林深处一种种
笑容
无比亲切

我见过乡间黑色的花朵
所有所有黑色的身影
把粮食和乡村的无数风景
紧紧捂住

我们见过乡间黑色的花朵
我们发现了城市
远离人类
乡间黑色的花朵
正在盛放

流年

有几种我们无法把握的事物
一是生命
二是爱情
三是货币
四是我们自己

还有一种是
时间

当世界和人类失去时间
我们就很轻松
我们就很热烈地朗诵
来自古教堂里天穹的声音

你在用年龄咬住时间
你在用双手洗净时间
我们失去了许多不该失去的事物
唯独没有失去时间

我与你一起走进去
不要回忆
更不要时间
好吗

机器

站在这黑色的巨大的事物面前
我们人类没有自己的声音
操作的白色的玉般的手
在推动着一种进化

机器是人类的伙伴
但它与粮食不同

因为人类可以远离它
而无法远离粮食

我为我的父亲而骄傲无比

机器是个阴谋的家伙
它现在对我们恭敬有加
有一天它会打倒我们人类
从而成为自己的主人

而粮食不会

机器的情感

冷眼对待城市的喧嚣
你在日出日没的地方
独自忧伤 独自哭泣
是为了整个人类吗
是为了我嘶哑的诗句吗

有种动物走进你的房中
用天籁般的声音与你交谈
看得出你很关注
那些属于落日的话题

风与落叶散落一地
你不发出一些气息
独自忧伤 独自歌吟

潮汐

在世界的背后
一个个金色的向往成长着
潮汐只是一种背景
我们热烈地生存在中间
手是我的家园
青草散发着童年的梦想
如一枚枚色质艳丽的日子

我们在上面　一无所有
空空的一种象征或比喻
当潮汐涌来时
薄暮无比亲切
我们的双手生长着
金色的　金色的　金色的
帆和桅杆

金色辉煌

乡土都退去　退去
留下孤寂苍白的父亲
立成洋溢着青色光芒的金属

我们身心憔悴
在金色的黄昏里我们没有归程
没有归程　没有归程

没有辉煌
金色的目光和河流一起
越过乡土和全部的精神
有一种没有辉煌的辉煌

红尘

我们漫无止境地忙碌着
把梦想都揉进金属
赖以生存的契机

金属在金属里面
金属在金属的四季发酵
我们让金属生成金属金属
我们让红尘滚成红尘红尘